抱擁

KEIZO HINO

日野啓三

P+D BOOKS
小学館

目次

第一章　洋館

I

バスが大通りをそれて閑静な屋敷町に入ると、晴れきった秋の日ざしがいっそう透きとおって感じられた。ことしは夏じゅう気温が低く雨が多かった。秋に入ってからも小雨の日が続いた。ほんとうに秋晴れらしい初めての日だ。門構えの屋敷の広い瓦屋根、女子大学の講堂の壁、外国大使館の長い石塀の表面で、光の粒子が戯れるようにくるめいている。街路樹の葉一枚一枚の葉脈が透けて見え、樹液のひそかな流れまで感じとれるようだった。

東京の中心部に残っているこの古い住宅地区に来ることは滅多にないが、江戸時代からの屋敷町ということは私も知っていた。こんなに晴れていても人通りのほとんどない静かに落ち着いた町だ。だが思ったより古い屋敷が少ない。どっしりした造りのマンションや会社のしゃれたビルが意外に多く、さらに建築中の鉄筋ビルが幾つもある。

バスはひと気ない道路の端にひっそりととまり、ひとりふたりの客が乗り降りするだけで、また発車する。私は窓際の席から、初めての町を眺めるように熱心に外を見ていたが（タクシーでは何度か通り過ぎたことはあったが、座席の位置の高いバスの窓からは、ずっといろんなものが見える）、そのうち土塀に囲まれた道路沿いの一画が、ぽっかりと空地になっているのが目についた。塀だけ残して家も庭もきれいに取り壊され、そのあとの敷地が一面に舗装されている。駐車場にでもなっているらしいが、車は一台も見えない。人影もなかった。土塀の影だけが、がらんと明るいアスファルトの表面に長々と続いている。

それだけのことだが、冴えた日ざしのために影の部分が黒々と妙になまなましく見え、不意に心が動いた。日頃から私は、会社の帰りに帰路とは反対方向の地下鉄にふっと乗って、海に近い埋め立て地帯の方まで行ってしまったり、東京に一本だけ残っている旧式の路面電車にあてもなく乗りこんでは、名前さえ知らない下町の停留所で降りて、見知らぬ町の路地をうろついたりする。気まぐれといえば気まぐれだが、何かにそっと呼び寄せられるような気もするのだ。

咄嗟に片手をのばして停車ボタンを押していた。すぐに次の停留所だった。降りたのは私だけだ。何事もなく遠ざかってゆくバスの後姿を見送りながら、会社のことが思い浮かんだが、夕方までに戻ればいいのだと考え、道路を後戻りした。

道はゆるく坂になっていた。少し汗ばむ。ネクタイをゆるめてゆっくりとのぼった。本当の私はあのままバスに乗っていって影だけが残ってふらついているような、いや会社へと戻っていった方が私の影で、いま本当の自分が剝き出しになってしまったような、混乱した気持を覚えた。かすかに不安で、しかも心の底の方で浮き浮きした気分が揺れ始めている。

空地は坂をのぼりきったところにあった。以前は門があったらしい塀の切れ目には、柵も有刺鉄線もなかった。そのまま中に入った。思ったより広い。塀の内側に沿ってずっと雑草が生い茂っていた。舗装は塀ぎわまで一杯に敷かれているので地面はほとんどなくなっているはずなのに、雑草はあられもなく茎をのばしている。そんな草に囲まれて、アスファルトは余計硬く荒々しく見えた。土塀の肌にはすっとしみこんでいる日ざしが、アスファルトの粗い面でははね返されて散乱している。塀越しに隣のマンションが見えるが、ずらりと並んだベランダのガラス戸はどれも白いカーテンで閉ざされていた。

透きとおるように明るくてしかも荒涼としたこの感じは、嫌いではない。赤錆びた鉄材がごろごろ転っている埋め立て地帯、会社のある大きなビルの人造石の床と壁の廊下、深夜のエレベーターの中、ひとりで住んでいる高層マンションの部屋から見渡される灰色のビルの連なり——そういう光景はいつも自然に身近なのだ。

乾ききったアスファルトの表面と、鋳込まれたように濃い土塀の影。だがよく見ると、土塀はかなり古びて傷んでいた。頂の部分に並んでいる瓦がところどころでずり落ちかけている。土台がゆるんだのか、工事のときブルドーザーかトラックでもぶつかったのか、塀は幾つもの箇所で外側に傾きかけていて、全体がゆるく波打っている。影もゆっくりと揺れているように見えた。

軽いめまいを覚えかけて、私は奥の方へと歩き始めた。どこかに腰をおろすか、何かにつかまりたい。靴の裏にアスファルトが硬く厚い。自分の影がひょいひょいとその上を踊ってゆく。私が立ちどまっても、影だけが勝手に動いてゆきそうだ。

土塀は胸ほどの高さだった。バスの中からはそれほどと思わなかったのに、塀越しに眺め渡すと、このあたり一帯はかなりの起伏がある。この空地は台地の端で、塀のすぐ外からなだらかに傾斜して低くなり、それからまた高くなっている。

いろんな形と色のマンションと古い屋敷がいりまじって両方の斜面を埋めていた。煉瓦色のマンションの陽を受けている側は気味悪いほど赤く輝き、白っぽいタイル張りの新しいマンションは真珠色にきらめいている。遠くの大通りの方からは潮騒のように車の音が風に乗ってくるが、見える限りの一帯は冴えた光の中にそれぞれの輪郭と影をかっちりと浮き出していた。庭の樹に囲まれた古い屋敷だけが、こんもりと薄暗い。

とくに深く樹に囲まれた家が、ちょうど地面の一番低くなったところにあった。まわりに高いマンションやビルが幾つも立っているので、余計谷底のように見える場所である。広い庭に丈の高い樹、茂り放題に葉の茂った樹が密生して、小さな森のようだ。その中に建っている家そのものも、びっしりと蔦に覆われていた。

樹に遮られて建物の全体の形は見えないが、かなり古い型の洋館のようである。玄関上のアーチらしい灰色の石の一部が見える。屋根から煉瓦作りの煙突が突き出ている。屋根裏部屋がある。戦後の洋風建築とちがって、窓が少なくて小さい。壁を埋めつくした蔦の間からわずかにのぞいている小さな窓のひとつが、樹洩れ日を反射して強く光っていた。こちらがのぞきこんでいるのに、逆にじっとこちらを見つめている片目のようだ。

久し振りに快く晴れ上がった午後の明るさなど全く無関心のような冷然とした暗さ、一種陰々とした威厳に、強くひきつけられた。まわりのマンションと樹の蔭になっているためでなく、建物自体が濃い瘴気をにじみ出し続けているようにさえ感じられた。

奇妙な家だった。だが初めての気がしなかった。いつか見たことがあるという気持が、最初目にした瞬間からあった。それも何年か前にタクシーでこのあたりを通り過ぎながら見かけた、というようなことではなく、もっともっと以前、幼かった子供のころに見たことがあったような懐しさ。あるいは昨夜の夢の中で見たようななまなましい気分。だが強いて思い出そうとすると、強い禁忌の念が自然に働いて息苦しくなる。

もっとよく見ようとして土塀に体を寄せた。途端に瓦がぐらりと動きかけ、乾いた粘土の粒が音をたてて靴の先に落ちかかった。あわてて体を引いて息をついたとき、不意に背後で声がした。

「おっと危い。その塀はあの家と同じくらい古いよ」

低く控え目な声だが、口調はひどくなれなれしい。振り向くと、斜めうしろに落ちている私の影と重なるほどの間近に、ひとりの男が立っていた。いつの間に現われたのだろう。足音もしなかったし気配も感じなかった。

「ひどく夢中になって眺めてるね」

私の内心のいぶかしさを読み取ったように、男はすかさず言って私を見返したが、片方の目が軽い斜視のようで、あたりを抜け目なく窺っているようにも見える。四十歳をそれほど越えてはいないだろうが、明らかに私より十歳以上うえだ。

しばらく、といってもほんの数秒ほどだろうが、私たちは降り注ぐ日ざしの中に近々と向き合って立っていた。重なり合った影が、ひとりのもののように、アスファルトの舗装の上を濃く長く伸びていた。アスファルトの表面は乾いてごく淡いねずみ色、ほとんど無色に近いのだが、下はねっとりと濃く地面に溶け合っているのだと、妙にまざまざと感じられた。

私の方が顔半分ほど背が高い。男は自然と上目遣いの形になるのだが、太い眉毛の下に幾らかとび出し気味の大きな目が少しずつ細められ、やがてふっと薄笑いが陽焼けした顔全体に浮かんだ。

「実は私もよくここから眺めるんだが、妙な家ですな。あの家のどこがそんなに気に入ったんです?」

ぐっと顔を近づけながら、声を低めて囁くように言った。

「気に入ってなどいませんよ」

私は硬い声で答えた。心の底がひとりでに開きかけるような思いがけない気分を覚えていたところを乱されて、私は不快だったし、それにいきなり他人の気持の中に踏みこんでくるような人間は嫌いだった。多分通りがかりのセールスマンなのだろう。黒っぽい背広にネクタイもきちんとしめているが、自分の好みというより他人を信用させるためにことさら服装を整えている、という不自然さがある。

「でも熱心に眺めてたじゃないの」

いっそう狎れあうような口調で男は尋ねる。

そんなこと、なんであんたに関係があるんだという答がのどまで出かかったが、男の態度に引きずられるように答えてしまう。

「何となく気味が悪い……」

「そう、そういうことね。単に立派だとか、きれいだとかいうより、ずっと深い気に入り方だ」

男は上機嫌に声を高めてそう言ったが、目玉が外側に偏っている方の目は笑っていない。

「あんたの後姿を見かけた瞬間、私はぴんとわかったね。私と同じような人間がいる、とね。新しい高級マンションをうっとりと眺める人間はたくさんいる。でもこんないまにも崩れそうな古い家、しかもほとんど陽もささない暗い家に興味をもつ人間は、滅多にいない。私があの家に目をつけてからもう二年ほどになるけど、あんたのような人は初めてだ」

そう一気に言い終わると、男はゆっくりと塀際に歩み寄って、あの建物の方を眺め始めた。私は中途半端な気持で、男の後姿を眺めながらその場に立っていた。体つきはいかついというほどではないのに、短い頸《くび》が太かった。ひとりで世間を生き抜いてきた中年男の陰気な迫力のようなものが、その後姿に感じられた。学校時代の友達にも会社の同僚にも、こういう男はいない。

適当にきりをつけて帰ろうと考え始めたとき、男がくるりとこちらに向き直って、横にくるようにと目で合図した。それから片手を上げて招いた。その手つきも表情も、以前からの知合いのように自然だった。そういう神経が、私には不可解なのだ。

「ああいう家にどんな人間が住んでると思う？」

私が横に立つと、男は私の中にぐいと踏みこんでくるように、いきなりそう尋ねた。

先程ひとりでそんなことを漠然と考えかけたことを思い出した。改めて家の方を眺めてみた。日ざしの方向が変わって、あんなに光っていた窓も翳《かげ》っていた。まわりの樹の茂みも蔭になった部分がぐっと沈みこんで黒ずんでいる。陰々とした気配がいっそう強まっていたが、それとともに心の奥にじかに迫ってくる悩ましい雰囲気も濃くなっている。思い出したくないことがひとりでににじみ出てきそうな、懐しく不吉な気分。淡く白い影のようなものが、心の中をゆらめいて消えた。

「老人と、それから……」と私は口ごもる。

「それから？」と男は促した。

「女、それもひどく若い」

男の態度におされたように私は心に浮かんだままをふっと口にしたが、言葉にした途端に胸騒ぎに近い気持を覚えた。あの不吉な家に一歩近寄ったような感じだ。いや引き寄せられたような。

男は私の顔をじっと見つめていたが、ひとり言のように言った。

「あんたがそう答えるだろうという気がしていたよ」

「思いつきだよ」

「たしかに老人と孫娘が住んでる」

男はひどく遠くを見るような目をした。

小さな窓からだけ光のさしこんでくる薄暗い部屋に、ひっそりと坐っている少女の姿が浮かんだ。透《す》けるような薄地の長いローブを着ている。濃い情感が心をみたしかけたが、自分に言い聞かすように私はきっぱりと言った。

「でも私には関係ないことです。もう行かなくては」

実際私は歩き出しかけたが、男は急いで呼びとめた。

「関係はなくても関心はあるだろう。お茶でも飲もう。近くにコーヒーのとてもうまい店がある」

男の口調には絡みつくような力があった。


程近いマンションの一階にある珈琲店の隅に向かい合って坐ると、男は上衣の内ポケットから名刺を出した。

荒尾五郎という名前で、私の知らない不動産会社の主任と肩書がついていた。

「小さな会社だが、都心のこのあたりの大きな物件を扱ってる」

「それであの家も知ってるんですね」

普段なら全く見知らぬ人間とお茶をのんだりすることは絶対にない。列車や飛行機の中でも隣席の人間と滅多に口をきかない私なのに、異例なことだった。あの不思議な家を見かけたことで、普段の心の姿勢が乱れていた。それにこの男には、図々しいだけではない何か、仕事も多分育ちも、かけ離れているらしいのに、どこかに僅かだが共通するものがあるような気がする。少なくともあの奇妙な家に対する興味は。

「知ってるどころじゃないよ。もう二年間も通ってる。あれだけの広さがあればマンションが幾つもたつからね」

「でも売ってくれない」

「そういうわけ」

「いろんな手があるそうだけど」

「使える限りの手は使ってみたよ。でもそんなことを話しにあなたを誘ったんじゃない」

そこで一旦言葉を切って、男は顔を近づけながら声を低めた。

「通っているうちに、私はあの家そのものが気に入ってきた。売ってくれと交渉しながら、心の中では売らないでくれ、と思ってる。自慢じゃないが、この道では年期も入ってるし、やり手と言われてる。かなり悪どいこともやります。その私が駆け出しの若僧みたいに迷ってる。恥ずかしいことだ」

私はうなずきながら黙っている。

「マンションなんてどんなに変わった風にたててみたって、所詮アパートだよ。ところがあの家はあの家にしかない何かがある。それもいわゆる味があるなんてものじゃない」

「あやしい魅力がある」

「そう、あんたはあそこから眺めただけだけど、屋敷の中、建物の中に入ると……」

そこでコーヒーが運ばれてきて、男は口を閉じたが、男の言葉に誘われて、深い森の気配、濃くこもった薄暗がりの中に並ぶ古い樹の根元がぼんやりと見えた。すっと幹が地面に立っているのではなく、曲がりくねった根が重なり合って地面から盛り上がり、あるいは半ば地面に埋まりながらうねっている。その向こうで、蔦に覆われた煉瓦の壁が音もなくゆるんでゆく。鉄筋が蔦の蔓の吸盤から分泌する液で、じわじわと溶け続ける。そしてそんな腐蝕の中にひっそりと住んでいる人間がいる。

「失礼だがあんたは結婚していますか」

と男は改まって尋ねた。

「いえ、ひとりです」

「そうだろうと思ったよ。感じで」

「ずっと母と一緒でしたから」

「いまも?」

「いえ、亡くなりました、一年ほど前に」

「それはどうも」

「あなたは?」

と私から尋ねた。

「中学生と小学生の子供がふたりに、女房が三人」

「えっ?」と聞き返すと、男はニヤリと笑って、

「女房はひとりだが、女がふたりいてね。女房公認だよ。そろそろ向こうに行ってあげなくては、と女房の方から手土産を用意してくれたりしてね」

ことさら悪ぶってる口調ではなく、当然のことのような態度だ。蛇とか山椒魚とか、そんな爬虫類あるいは両棲類の冷たくぬらついた皮膚にいきなり触れたような感じを覚えた。タクシーに乗って運転手と話しているとき、ごくたまに同じような感触を受ける男がある。

「驚いたかね」と男は言った。

「いや、別に」と答えながら、たじろぐような思いだ。

「似てるんだよ、おれたちは。だからあの家がわかる。そうじゃないかね」

男はいっそう顔を寄せて言った。場末の居酒屋でなく白昼の珈琲店でそんな話を交していることが奇妙だ。熱帯植物の鉢植えの並んだ真白な枠の窓の向こうを、小犬を連れた上品そうな老婦人が通り過ぎてゆく。街路樹の並びが、車の通らない車道に静かな影を落としている。向かいの大きなマンションの入口の広い石段にも、細長く真直な影が一段毎に正確に平行して並んでいる。その隣の衣料品会社のショーウインドーの中では、顔も頭もつるりと丸いだけのマネキンたちが、輸入ものらしい渋い中間色のセーターやコートを着て、それぞれ勝手な方向を向いてポーズをとっていた。

「失礼だったかね」と男が言う。

「いや、とんでもない」

私は首を振るが、男の口許には笑いが浮かぶ。

「顔にはちゃんと書いてあるよ。どうしてこんな男とかかわり合いになったんだろう、とね」

目は笑っていない。とくに視線のそれている片方の目は何を見ているのかわからない。

「でも私は役に立つ人間だよ。いまのあんたにとっては。あんたは身なりも言葉づかいも態度も、見るからにきちんと隙がない。一流の会社の社員だということは、ひと目でわかる。若いが仕事もできて信用もある。ひとから好感ももたれている。でも本当のあんたはそんな人間じゃない。私はにおいでわかるんだ」

私は男のよく動く口許を眺めながら、黙って聞いている。大きくはないが紫色がかった厚い唇だ。急にまわりのすべてが、石段の美しい影から男の声まで、非現実的な気がしてくる。このまますっと席を立って店を出ていって、見慣れた大通り、街のざわめき、自分の会社に戻りたい気持が強く起こる。だが決してそうしないだろうということもわかっている。目に見えない粘っこい液体のようなものが、よそよそしくがらんと明るい町、じわじわと私の中ににじり寄ってくる妙な男の前に、私を縛りつけている。何だろう、この粘る水のようなものは。一体どこからにじみ出てくるのだろう。

「あんたを見ているうちに、妙なことを思い出したよ。私は幾人ものきょうだいたちと、狭い家の中で毎日戦争のように育ったんだがね、ごくたまに私だけが家の中にいることがあった。日頃が日頃なだけに、家じゅうがこわいほどしんと静まり返って感じられる。そういうとき、どうしてか悪いことがしたくなる。しなければいけないという気になるんだね。悪いことといったって、子供のことだ、戸棚をかきまわして小銭をくすねるとか、台所の流しでやたらにマッチを燃やすとか、例のあそこを夢中になっていじるとか、そんな程度のことなんだが、そうしてると安心する。普通のことをしてたのでは、自分が消えそうに不安だった」

「どういう意味です?」

「意味なんかないよ。でも人間ってそういうもんじゃないのかね。あんたも」

と答えながら、男はテーブルの端に置いてあったコーヒー代の伝票を手に取る。さり気なく素早い手の動きだ。それからすっと立ち上がると、テーブル越しに私の上へかがみこんで囁くように言った。

「あさっての土曜日、夕方にあの家を訪ねるんだが、四時半にこの店で待ってれば連れてってあげるよ。では」

それだけ一気に言うと、男は勘定台の方へすたすたと歩いていった。振り返りもしなかった。

Ⅱ

ちょうど会社で、ある大がかりなプロジェクトのための特別チームが編成されて、次の日も、休日の土曜まで、私は仕事に熱中した。熱中していると思っていた。だが土曜の午後になって、ふと壁の時計が四時に近づいているのを見たとき、私はチームのキャップに「行かねばならない約束があるので」と言った。キャップが「困るねえ」と言うかイヤな顔をしたら、「では結構です。どうしても、ということではありませんから」とまた仕事を続けただろう。

ところがキャップは気軽く「ああ、いいよ」と言った。ちょうど仕事が一段落したときでもあったが、そう簡単に言われるのはいい気持ではなかった。私は手早く書類を片付けて、同僚たちには黙って会議室を出た。裏口から外に出てタクシーを拾って、古い屋敷町の名前を言った。車の少ない土曜の午後の街を、タクシーは滑らかに走った。夕暮に近づいた秋の陽は、みるみる赤味を帯び始めていた。

こんなことは生まれて初めてだ、と思いかけた途端に、学生のころ、学校帰りの地下鉄の中で、きれいな女学生を見かけて、そのあとをふらふらとついて行ったことが、一度だけあったことを思い出した。出入口のドアのところに立って目の前のガラスがぼけた鏡面のように車内を映しているのを、ぼんやりと眺めているとき、私の背後に立っているその女学生の顔が見えたのだった。普通に美しいとか、可愛いという顔ではなかった。ガラス戸という不完全な鏡のせいで余計そう見えたにちがいない。振り返る勇気はなかった。ガラスの中の顔だけを、息をのむ思いで見つめ続けた。

地下鉄の終点、私鉄への乗り換えの階段と通路と、私は自分が自分でなくなったように、あとをつけていった。私鉄の駅から郊外の住宅街の道路も、数メートル遅れてつけていった。こうしてどうするのかという現実的な考えなど少しもなかった。息苦しいような心の内側からの圧迫感だけを感じながら、目に見えない糸にひかれるように私は歩いた。

立派な門構えの家まで来たとき、女学生はぴたりと立ちどまって、黒いカバンの把手を両手で握りながら、私の方に向き直った。そして「何か御用でしょうか。御用でしたらここがわたしの家です。中に入って母に話していただきます」と、冷然と落ちつき払って言った。初めて面と向かった少女の顔も、恐ろしいほど白々と美しかった。途端に、屋根の端まできて急に目がさめた夢遊病者のように、私は強いめまいと羞恥を覚えて立ちすくんだ。

どうしてあのとき、あんな図々しいことができたのだろう。もう目鼻立ちまで思い描くことはできないが、あれほど私の心を丸ごと吸い取ってしまうような現実の女に、それ以後出会ったことはない。ぼおっと燐光を放ちながら浮かんでくるほの白い影に、夢の中で会うことはよくあるけれども。

たしかあの前に私は原因不明の熱病で三か月も入院していた。それが癒って退院した直後だったから、体と神経が弱っていたのかもしれない。だがいま私は健康だ。それなのにいま、いや二日前の午後から、私はあのときみたいに、不意に鏡の奥に何かの影を見かけたような不安に、心がたかぶりかけている。

タクシーは屋敷町に入っていた。こんなに街路樹の葉がきれいに茂っていたのか、と改めて眺めているうちに、幾分褐色を帯び始めている葉並の間にびっしりと莢状《さや》の実がついているのに気づいた。こんもりと茂った葉と見えた緑の半分は、膨らんだ実を幾つも抱きこんであられもなく垂れ下がっている青い長い莢だった。それがずっと並んだどの樹もどの樹もそうなのだ。

く見えた。

土曜の午後で、二日前よりもっと人影がなく、道路もビルの並びも、コンクリートやアスファルトやタイルの肌を冷え冷えと剝き出しにしているだけに、重い莢の房の列は余計なまなまし

道路がすいていたので、喫茶店に着いたのは予定より十分ほど早かった。すでに喫茶店に坐っていた男は、ガラス戸越しに私を認めると、すでに長い間の知合いのように親し気に片手を上げて合図した。本来ならこんな誘いにのこのこ出てくる私ではないのだ、と心の中で呟いたが、私がこないかもしれないなどと微塵も思いもしなかったような、さっぱりと上機嫌な男の顔だった。

私が店のドアを開けかけると、男は席を立って足早に近づいてきて、「さあ行こう」と浮き浮きした口調で言った。「コーヒー飲みたいんだけどなあ」と言っても、「コーヒーなら、向こうでこんな店よりずっとおいしいのを飲ませてくれるよ」と男は先に立って道路に出てしまった。

傾き始めた日ざしが、斜めに道路に射しこんでいる。斬りこむように射しこんでくる光が、路面を、街路樹を、反対側のビルの窓と壁と玄関を強く照らし出している。影になった部分は、夜の冷えをすでに妊《はら》んで冷え冷えと暗いのに、日の当る部分は異様に明るく赤っぽい。そんな影と赤っぽい光とが互いちがいに縞になっている坂道を、私たちは下っていった。

日ざしは透明そのものなのに、それが物に当るとひどく赤々と、ほとんど赤黒く濁って輝く。秋から冬にかけてのよく晴れた夕暮近くにそうなのだが、前から不思議に思っていた。日ざしそのものの中にすでに冬の気配がまじり始めていて、それが物に当って現われ出るのか、それとも透明すぎる光が物の中の不気味な何かを鋭く照らし出すのか、わからない。だがいまショーウインドーの広いガラスの表面から街路樹の葉の間にずっしりと垂れ下がっている実の莢まで、同じように黒を含んだ赤茶色に燃えたっているのを見ると、地上には何か暗く忌まわしいものが底深く染みついているのかもしれない、という気もしてくるのだった。

隣の男の顔も、脂の浮いた頰の皮膚がぎらぎらと輝いていた。私の顔も多分そうなのだろう。少なくとも体の内側は、すでに不吉に火照《ほて》り始めている。

新しいビルと古い土塀の連なりの中に、魚屋が二軒もあった、と思っているうちに、天井まで届くばかでかい水槽に、鰺や鯛を何十匹と泳がせている店の前を通る。店に人影はなく、魚たちが冷たい目でいっせいにこちらをにらむ。思わず足をゆるめると、男はどうかしたのか、という顔をした。

「どうして魚屋ばかり目につくんだろう。他に店らしい店もないのに」と私は呟く。

「それは」と男は答えた。「鮪の刺身や目刺を売る魚屋じゃないよ。むかしこのあたりのお屋敷で、不時の来客用などに料理の出前を頼んだ、その名残りで、店は普通の魚屋風でも、腕はそこらの料理屋と比べものにならない。茶碗むしなどもうまいもんだよ」

「でもこんなところで生きた魚の群に出会うのは、何か変な感じですよ」

「魚なんてどうしてそんなに気になるんだ。しばらく前に、この近くを歩いていて、ふと小さなビルを見上げたら、屋上からライオンがこちらを見下ろしていた。もちろん檻に入ってたがね。びっくりして、そのビルのうしろの崖の上までまわっていって見下ろしてみた。チンパンジーやカンガルーやヒョウまで屋上で飼っている。あとで、テレビや映画の撮影用に動物を貸し出す商売の会社だとわかったが、そんなものだよ。都会というものは、こんな上品そうな町だって、いろんなものが隠れたりまぎれこんだりしている」

すでにバス通りをそれていた。塀の高い屋敷が多くなる。街路樹がなくなった代りに、塀越しに道の上まで樹が伸びてきた。どの屋敷も内側で伸び茂る樹木を、かろうじて塀で囲んでいる感じだ。高く長い土塀の日の当る部分は、土の粒のひとつひとつがじりじりと燃えているようで、影になった部分は陰々と気味悪い。塀の下の石垣の表面には、古い苔が微妙な模様をつくり出していた。

頭上を塀越しの枝に覆われたトンネルのような道を、曲がったり、下ったり、また少し上ったりしたが、全体としてはかなり低くなっている。植物がふえてきたためか、空気がなまぐさいにおいを帯びて濃くなった気がする。通行人とは滅多に出会わない。幾度か私たちの足音を聞きつけたらしい犬が、塀の向こうで猛然と吠えた。

「ところで私はどういう資格になっているんだろうか。まさかあなたの会社の同僚、いや部下なんていうことではないだろうね」

「もちろんだよ。あんたみたいな男が私の同僚として通用するかい。友達ということにしてある」

「おととい知り合ったばかりじゃないか」

「何年付き合ったたって友人にならない人間もあれば、一日だって気の合う人間もある。ちゃんとあんたはきょうやってきたじゃないか」

男は私の方を振り向きもしないで平然と答えた。

「そう顔色を変えることはないよ。自分の目で、あの家を見たいだけなんだろ。それでそのまま帰ってもいいし、もし興味が湧いたら、私と中へ入ってもいい。友人として紹介するよ。歓迎されるよ」

そう言われればそれだけのことのはずなのだが、そんな簡単なことじゃないという予感が急に濃くなってきた。この男だって本当のところ何を企んでいるのかわからない。このあたりの地価がどれくらいなのか見当もつかないが、広い屋敷なら多分何十億円という商売になるにちがいない。だが必ずしもそういう不安ではなかった。まだ若僧のサラリーマンの私に金銭的な利用価値があるはずはないし、私の会社だって不動産とは何の関係もない。

坂に沿って高い塀が続いていた。内側は見えないが、ひときわ樹々が茂りこもっている濃い気配がする。塀の上から何本も蔦の蔓先が這い伸びてきていた。かわいらしいほど小さな葉のついた細い蔓なのに、見上げている間にも、じりじりと伸び続けて塀の表面を這い下りてくるような生気を帯びて見える。坂道の表面には車の滑り止めに波の形の深いすじが刻みこまれていた。高い塀に光を遮られて路面はほの暗く、油じみたごみのつまった波の形のすじ目が、いっそう暗い坂の下の方へと重なり合って浮き上がっている。

ようやく坂を下りきっても、道と塀はさらにゆるく彎曲しながらうねり続いている。少し先の方から道は再び上りになっていた。どこにも門らしいものは見えなかったが、男は立ちどまった。腕時計を顔に近づけて「ちょうどいい時間だ」と呟いた。それから塀に近づいた。塀の下半分は石垣になっている。その石垣の一部が車の通れるぐらいの大きさに取りこわされて、一枚板の鉄の戸になっていた。

「お邪魔します、荒尾ですが」

男は鉄の戸のわきに顔を寄せて、幾分緊張した丁寧な口調で言った。インターフォンが取りつけてあるらしい。

答は聞こえなかったが、すぐに鉄の戸がきしみながら横にずれて動き始めた。風雨にさらされた古い鉄板よりももっと黒々とした穴が、長い塀の一角に徐々に現われてくるのを、私は息をつめて見守っていた。

まるで洞窟に入りこんだようだった。車一台やっと走れるほどの舗装した道の両側から頭上まで、びっしりと埋めつくし重なり合った樹の幹と枝と葉の茂みだった。様々の種類の樹のにおい、葉の呼吸、樹液のめぐる気配、それに腐植土の醱酵する臭気がまじり合って、体じゅうにまつわりついてくるようだ。

背後で鉄の戸が、また重々しくきしみながら閉じた。思わず後を振り返ると、男は声をたてないで笑った。

「もう帰れないよ」

冗談とわかっていても、気味の悪い現実感だ。

含み笑いのような男の声がまわりの樹々の下闇から聞こえてくるようだ。道はまわりこんでいて前方は見えない。まわりじゅう伸びるままの枝と茂り放題の葉だけである。これに比べれば、ここにくるまでの幾つかの家で塀の外まではみ出していた樹も、一応は手入れされていたのだと思われた。

落雷にあったらしく、頂から斧で断ち割られたように幹の裂けた巨木がある。枯れて倒れかけてまだ若い木を無残に押しつぶしている木もある。その肌に赤茶けたキノコが群生して盛り上がっている。思いきり蔓に絡みつかれた灌木、枯れた葉をぶら下げたままの松。クモがいたるところに大きな巣を張っていて、蟬の死骸や枯葉がひっかかっている。すでに黄ばみかけた木もあるが、全体としてすでに艶を失いかけた緑が、かえって青黒く陰にこもって迫ってくる。日ざしははるか高い喬木の頂のあたりしか照らしていないのに、下草の奥のそこここで青白い花が燐光を帯びたように光っていた。

「よくこれだけ放ったらかしにしてあるな。おととい眺めおろしたときには森のようだと思ったけど、これでは原始林だ」

数歩先を歩いてゆく男に私は声をかけた。男は立ち止まって私を待ってから答えた。

「あんたは学問はしたかもしれないけれど、物事は知らないんだな。よく見てごらんなさい。普通このあたりに自然に生えている樹ばかりじゃない。葉の細くて固い北方系の樹、そこのソテツみたいにもともと熱帯系の樹、あのうんと向こうに幹の皮がべろりとひきむけたみたいなのは、オーストラリアのユーカリだし、もともと同じところに生えてはいない植物が、実に苦心して集められているんだ。正確にめちゃくちゃにされてるといった方がいいかもしれない」

そう言われてみると、確かにカシだとかケヤキだとかブナだとか私でさえ名前を知っている見なれた樹のそばに、バナナに似た葉の広くて長い樹が何本かだらんと葉を垂れているし、白っぽく糸のように細い葉が幹の先端から房のように空中に漂い出ている樹もある。とくにヤシのように刻みの入ったこわそうな葉が幹の先から八方にひろがったり、ゴムの木に似たぼってりと肉が厚くて楕円形の濃い緑の葉をつけている熱帯系の植物が、庭全体の妖しくむせ返るような印象を、いっそう強めているのだった。

「一体こんな庭をつくったのは誰なんです?」

と私は息苦しく混乱しかける気持のままに尋ねた。

「主人だよ、私には頭がおかしいとしか思えんが、変わった老人だ」

「いまも生きてるんですね」

「この奥にね。多分会うことになるだろう。あんたさえ中に入る気なら」

道は真直な部分がほとんどなかった。絶えずゆるく曲がっているのだが、両側の茂みがどこも同じようなので正確にどういう風に曲がって、どういう形で進んでいるのかよくわからないままに、どうやら蛇行しながらも螺旋形を描いて次第に中心に近づいているらしい。その中心で私たちを待っているらしい老主人の存在に、急に嫌悪と興味とのまじり合った強い感情を覚えた。嫌悪というより恐怖に近い。そして恐怖感が強まれば強まるほど、自分でもよくわからない牽引力も意識するのだった。

間もなく森の茂みが少しずつ疎《まばら》になって、木立の間に立っている彫像が見え始めた。ギリシア風の彫像だった。雨風に打たれて真白というわけにはゆかないが、確かに大理石製の女人像である。若い女の立像だが、ミロのヴィーナスのように豊満な女性の像ではなく、もっと初期の姿態も表情もまだ固くて腰の膨らみも乳房の盛り上がりも貧しい。初めは少年像ではないかと思ったくらいだった。かなり大きく張り出した灰白色の枝の下に立っている紫がかった石で造られた観音像もあった。襞のある裾の長い寛衣をまとい、頭に冠のようなものをかぶり、片手を胸の前まであげて寛衣の端をにぎっているのだが、その手つき、胸の膨らみ、腰の線、そして伏目になった下ぶくれの顔は、普通見かける観音菩薩よりさらに女性的で、ひどくなまめかしかった。菩薩というのは男のはずだが、といううろ覚えの知識が心をかすめて奇妙な思いがした。

彫像としてそれらがよく出来たものかどうかは私には判断できないけれど、原生林めいた茂みの蔭にじっと立っている等身大のそれらの像は、全く場違いのようでしかも異様な現実感があった。ワシのような大きな羽をひろげた女神像、何十本もある手のうちの二本で女の体を胸の前に抱きしめた恐ろしい顔の男神像。男神像の方は何十本もの手が握っている道具や人間の首や、頭のうえにさらに重なり合っている小さな幾つもの顔から、何となくインドのにおいを感じたが、こんな像を見るのは初めてだった。

濃密な森の生気と底深くつながるものが、心の奥の暗い部分にじかに訴えかけてくる。夢の中の情感に似た放恣《ほうし》で甘美な思いもにじみ出てくる。いや夢の中では女の体に近づきながら、女の着衣をぬがしかけてその肌が露わになり始めると必ず目がさめてしまうのだが、そのまま目がさめないでいたらきっと味わうことができるにちがいない陶酔のようだ。

時代も場所もちがう彫像や神像が無造作に並べられていた。それはこの庭の植物の集め方と同質のものだった。分類とか整理という作業——いってみれば私の会社での仕事も本質的にはそうなのだが、そういう作業に対する徹底して冷笑的なものがあった。それは私自身のプライドを傷つけ、不安にするのだが、本当に私が心の奥で身近なのは、こういうものではないか、という思いがけない感じをも覚えさせるのだ。

私は動揺し混乱して息苦しく喘ぎながら、すたすたと平気で先を行った男のあとを追って走った。多分南方の樹にちがいない、根の部分がそっくり地下から持ち上がったように、幹の途中からねじくれてこぶだらけの根が何本もに分かれて、地面にひろがっている。根は老いた蛇の肌のように、灰白色に乾いてささくれだって、しぶとくうねっていた。枯れた蔓なのか気根なのか、長いひげのような白っぽく細いものが、上の方から垂れ下がって揺れている。

そんな巨木の間を縫って屈曲する道を抜けると、いきなり目の前に覆いかぶさるようにして、蔦に絡みつかれた建物がぬっとたっていた。

庭の印象と比べると、建物の外見は、むしろ普通の洋館だった。アーチ型の玄関の屋根を支える左右二本ずつの太く白い石の柱には、縦に浅いすじ彫りが入り、柱頭は繊細な浮彫りが施されて、どっしりと優雅だったが、建物そのものは邸宅といえるほど豪奢ではない。蔦に覆われていて正確には見えないが、恐らく黄色っぽい淡い粘土色の煉瓦づくり、二階建てで、その上に屋根裏部屋がある。変わっているといえば、窓の数が少なく小さいことと、その小さな窓の部分だけを除いて、壁という壁が隙間なく蔦に覆われていることぐらいだろう。

ちょうど夕日の最後の光が、二階から上の部分に射しこんでいて、びっしりと壁面を埋めつくした蔦の葉の一枚一枚が赤っぽい金色にきらめき、まるで鱗に包まれた爬虫類の胴のようだった。そして屋根裏部屋のたったひとつの小さな窓が、赤く燃える目を思わせた。

男はギリシア風の円柱の前に、軽く腕組みして立っていた。

「どうする？　さあ、このままひとりで帰るかね。それなら頼んであの鉄の戸を開けてもらうけどね」

私がこのまま帰るはずのないことを見すかしたうえで、わざと尋ねている余裕たっぷりの口調だった。

「もうちょっと建物を眺めたいんだけど」

と私が答えたのも、そんな男の態度が癪にさわったためだったが、それだけではなかった。巨木の間を抜けて初めてこの建物を目にした瞬間から、いつかこれとそっくりの洋館を見たことがある、という気分が次第に強まっていたからだ。

いつのことだったろう。ひどく昔の気がする。私がまだ小学校に上がる前にちがいない。いまと同じような秋の暮か冬の初めだったのだろう。荒涼と赤くざらついた光の感触が子供心にも強くしみこんでいる。そんな夕暮に、山の手の住宅街のどこかを歩いている。一軒の洋館が夕日に染まっているのだが、それがひどく怖ろしく気味悪い。一緒に歩いていた女のひとが顔を寄せて囁いた――あそこで人殺しがあったのよ、あるいは、首吊りがあったそうよ、いやちがう、もっとねっとりと体に絡みついてくるようなこと、たとえば、あそこには気のちがった若い女がひとりで住んでいて男を誰でも呼びこむんですよ、それとも、姉弟が夫婦みたいに住んでるんですって、といったようなことだ。おとなの女が子供の私にそんなことを話しかけるはずはないのだが。その女がまだ若かった母だったようでもあるし、親類の若い女性だったようでもあってあいまいなのだが、そのときの恐怖感には、とても恥ずかしく悩ましい気分が濃くまつわりついている。

それは私の最初の記憶としてぼんやりとなまなましく心に焼きつき、中学生になってから、幾度か学校の帰りにその場所らしいところを探してみたのだが、すでにすっかり家の立ち並んでしまった町で、それらしい洋館はついに見つけることはできなかった。全然場所を間違えていたのかもしれないし、その洋館が取りこわされてしまったのかもしれないが、夕日に照らされた洋館は、懐しいが近づいてはならない怖ろしいものとして、ずっと意識のすぐ裏に残ってきたのだった……

見上げている間にも、夕日の光ははっきりとわかる速さで建物の壁をのぼってゆき、いまは屋根裏部屋の窓が輝いているだけだった。その上の空もいつの間にか、昼間の冴えかえった青さから、茄子紺の深い紫に変わっている。屋根裏部屋の窓はガラスの表面が赤々と夕日を照り返せば返すほど、内側の暗さが透けて見えるようだった。単なる暗さではなく、なま温いものが濃くよどんでいる黒い奥行だ。

「さあ、もうこれ以上待たせちゃ失礼だよ」と男が言った。

「あれは悪い家なのよ」と心の奥の方で死んだ母のような声がした。その声は密室の中を反響するように「なのよ」「なのよ」と繰り返しながら次第に小さくなっていった。

Ⅲ

冷え冷えと硬く黒ずんだ玄関の戸は鋼鉄製だとばかり思ったのに、目の高さに取り付けられた握りの環を表面にぶつけると、コーンコーンと思いがけなく澄んで乾いた木の音がひびいた。想像以上に古く部厚い板の戸だった。四隅から細かく入り組んだ二重螺旋の装飾模様が巻き出しているが、それは確かに鉄製である。

男はもう一度鉄の環を握って戸の表面を打った。深い森の奥で巨木を打つ木こりの斧の音がこだまするように、澄んだ高い音が夕闇に沈みかけた古い館の内外に、震えながら尾を引いた。

私は男の背後に立っていたが、がっちりと取り付けられた鉄の環のうえに、ぼんやりと薄浮彫りの模様が見えていた。初めはまわりの鉄細工の装飾と同じ単なる模様だとばかり思っていたのだが、少し頭を動かすと人の形に見えた。妙な姿勢だ。立っているのでも坐っているのでも踊っているのでもない。顔を心もち仰向けにして両手は下に向かって開き、両脚の一方は深く折れ曲がってもう一方はうしろの方に伸びている。走る格好に似ているが、体のどこにも無理な力が加わっていない。体の膨らみ、とくに腰のあたりがやわらかく繊細で、頭にのせた冠から薄絹のようなものがふわりと体のまわりに浮いている。

飛天女という言葉を自然に思い出した。西洋の天使のように翼がついているのではなく、両手で無理に空気をかき分けているのでもなく、ごく自然に、地上を歩くよりももっと楽々と自由に、それは空に浮かんでいる。古くなって細部は摩滅したのか、あたりが薄暗くなりかけているためか、顔はよくわからないが、重力などもともと存在しないかのように軽々と宙に浮かんだその若い女のしなやかな姿態の優美さは、深く私の心に焼きついた。この谷間めいた場所の、地下に沈みこむような屋敷全体の雰囲気に重くおびやかされかけていただけに、余計そう感じられたのだった。

もっとよく見ようとして顔を近づけたとき、戸は内側からゆっくりと引き開けられて、浮彫りは静かに飛び去るように退いて、代りに「どうぞ」と女の声がした。玄関の中で私たちに丁寧に頭を下げていたのは、丸々とふとった中年の女だった。顔だけでなく首から胸、お腹、戸の把手にかけている片手の手首まで、実に豊かに盛り上がっている。

「このひとはずっと古くからの家政婦さん。まあこの古屋敷の主《ぬし》みたいな女《ひと》だ」

それから女に向かって、親指を立てて示しながらなれなれしく尋ねた。

「元気そうでうれしいよ。ところで、これ、いる?」

「まだお帰りになりません。若奥さまがお待ちです」

目もぱっちりと丸くて、いかにも善良そうな女の感じだ。

「うん、それでいい。あんたが欲しいと言ってたあの家、内金打っておいたからね。あとで話しよう。いいね」

そう言いながら男はつと片手を伸ばして、堂々と張った女の尻を撫でた。「まあ」と女は身を引いて男をにらんだ。男は声を立てないで笑いながら、きょうもきちんと着込んでいる上等そうな黒っぽい背広の襟とネクタイの具合を直してから、勝手知っているらしい廊下を奥へと入っていった。

玄関から敷きづめの草色の絨毯が、さすがに色は褪せかけているようだが、深々と厚い。粗い漆喰《しっくい》の天井が高く、壁の腰板が黒々と沈んだ艶をみせて光っていた。家というものには特有のにおいがある。この館も玄関を入ったときから、強烈ではないがかなり濃いにおいを私は感じていた。だがそれはこれまで経験したことのないにおいで、明らかに食物のにおいではないし、乾ききって隅の方は剝げかけてさえいる塗料のにおいでもない。香料や化粧品でもなく、埃のにおいでもない。だが確かに鼻とのどの粘膜にしみこんでくる甘美でしかも荒廃のにがみを含んだにおいが、廊下を奥へと進むにつれて濃くなってくる気がした。家じゅうに貼りついている蔦の吸盤からの分泌液が、壁面をじわじわと溶かすにおいなのかもしれない。あるいは漆喰の奥で天井の板が、コンクリートが、鉄筋そのものが腐り始めているかのようだ。

廊下はそれほど長くないのだが、二度三度と曲がり、しかも曲がり角の壁には大型の鏡がはめこんであって、鏡の奥まで廊下が写りこんでいる。荒尾はすたすたと曲がってゆくのだが、私は薄暗く静まり返った廊下の奥から影のように近づいてくる男を一体何者だろうと思いながら歩いていって、鏡の手前で私自身だと気付くような始末だった。鏡の中の私は、明るい灰色のスーツに淡いピンクのシャツという身なりに似合わない暗くいぶかし気な目付で、一体おまえはこんなところで何をしているのだ、という風に私を見つめる。

いますぐ引き返さないと、もう二度と外に戻れなくなるぞ、という声が背後から聞こえてくる気がする。いま廊下は別に下に向かってはいないのに、窓のない地下室に引きこまれてゆくように恐ろしい。だが、それはある中心の場所をめざしているのだ、という予感もあるのだった。そこは深く奥まった場所のはずなのだが、そこまで辿りつければ他のどこよりも頭上が開いていて、真直にじかに空と通じることができる。それこそ私の心が最ものぞんできたことだったのだ、という気もしてくる。

「私たちを待っているという若奥さんって、どういうひとなんです？」

と私は声をひそめて前を行く荒尾の肩越しに尋ねた。

「老人の息子の嫁」

荒尾は前を向いて歩きながら答えた。

「老人には息子がいるんですか」

私は驚いたが、荒尾はそっけなく答えた。

「死んだ、いや行方不明なんだ」

すっと隙間風のような気配が吹き過ぎる気がしたが、どこにも隙間などありはしない。かつては滑らかなクリーム色だったにちがいない壁のそこここに、しみというより影のようにぼんやりと黒ずんだ部分が、奇妙な形にひろがっているのが、改めて目につく。

荒尾が立ち止まった。何か言いたそうに私を振り返ったが、私が見返すと、いいなという風にうなずいて、目の前のドアをノックした。

窓にはすでに厚そうなカーテンが引かれているのに、天井の古風なシャンデリアには灯が入っていなかった。臙脂の絨毯、煙るような緑色の滑らかな石のテーブル、大型のソファー、その前に立っている女のドレスの長い裾を照らし出しているのは、テーブルのわきの床に置かれたスタンドの灯だった。長い金色の脚のついたスタンドは人間の背丈ほど高いのだが、広い部屋の隅まで明りは届かない。女の背後の飾り棚に、ほっそりと口の長い青磁の壺と、ニューギニアかアフリカのものらしい魔神の仮面が白い牙を剝き出しにしているのが、ぼんやりと見分けられた。

女の顔も、熱帯蝶の模様の入ったスタンドの傘のかげになってよく見えないが、ぴっちりと身についた、しなやかな布地のドレスは、ふとってもなく痩せてもいない体の線を、滑らかに浮き出している。

双方の姓だけを言って、荒尾が簡単な紹介をすませると、女は落ち着いた声で、「初めまして」と言いながら、ごく自然に右手をのばした。灯の下で、手首の金のブレスレットが重く光った。多分外国で暮したことがあるのだな、と思いながら、私も「不躾に突然……」とぼそぼそと呟いて手を差し出した。

ごく軽く握っただけだったのに、相手の指の内側と掌がすっと吸い着いてくるようで、私はあわてて手を引いた。手そのものはむしろ冷たいくらいなのに、細胞のひとつひとつが生気を帯びているようなあやしい感触に、体の奥が急に火照り出すようだった。

「お掛けになって、お楽に」と女は同じように低い声でゆっくりと言い、それから「コーヒーとコニャックとどちらになさる？　どちらもちょうどいいものがあるんだけど」と立ったまま尋ねた。アルコールに強くない私は日頃食事前にアルコールは飲まないことにしているのに、ふっと「コニャックを」と答えてしまう。「では遠慮なく私も同じものを」と、続いて荒尾も弾んだ声で言った。

女は部屋の隅に歩いてゆき、銀の盆に黒い壜とタンブラーをのせてくると、そっと緑の石のテーブルに置いて、ソファーに腰をおろした。私はすでにソファーに向かいあった椅子に腰かけていて、初めて灯の下で顔を合わせる。濃く化粧してはいないのに華やかな顔だ。家政婦が言った「若奥さま」という言葉から想像したほどには若くはないが、もう若くないと言いきれる年齢ではなかった。ちょうどその間《あわい》の、いわば女の盛りのいままさにその頂点にある輝きが、内側から顔を照らし出しているようだった。脚を組んで深々と腰をおろしながら、片手をわざと投げ出すようにソファーの背に置いたその姿勢は、しどけなさと一種の威厳とが自然に溶け合っている。

ぎごちない手付きでタンブラーを両手に抱えながら、次第に妙にたかぶった気分になる。学生時代には何人も女友達はいた。会社に入ってからもかなり深くつき合った女もいる。だがその女たちはみな若い娘ばかりで、おとなの女とこうして近々と坐り合うような経験は初めてのことだ。無理をしてコニャックをなめた。

ソファーに深く沈みこんでいた女が急に上体を起こすと、片手に持っていたタンブラーのコニャックをすっと一息に飲んで、荒尾に向かって言った。

「こちら、牧さんておっしゃったわね、あなたはお友達だと言ったけど、随分感じがちがうわね」

「それは仕事もちがうし、年齢もちがいますから」

急に口調の変わった女の言葉をやわらかく受け止めてから、ぐっと押し戻すように荒尾は答えた。

「古くからのお付き合い?」

「それはもう、子供の時からで、牧さんは私の弟の同級生で、よく家に遊びに来てたんですよ。まあ家柄はちがってましたが、そこは子供同士ですから」

そう落ち着き払って答えながら、同意を促すように荒尾は私の顔を見た。私はあいまいに笑って見せる。女はちらりと私を眺めてから荒尾の方に向き直ると、いっそう声を低めて尋ねた。

「あなたはわたしの主人をご存知ないわね」

「もちろんですよ」

思いがけない質問に荒尾は一瞬戸惑いかけたようだが、はっきりと答えた。

「写真も見たことない？」

「写真は拝見させていただいたことがあったような気もしますが、失礼ながらほとんど、いや全然覚えてませんよ」

「そう」と女は荒尾の目を見つめたが、ふっと体の力をぬくようにうつむいて、コニャックの壜を手に取ると、三つのタンブラーに静かにつぎ足した。それからゆっくりと顔を起こして、私を見つめた。目の下がかすかに赤味を帯び、目からは先程の刺すような光が消えて、黒目の部分が粘りつくように濃い。

「失礼ですが」という声がして、はっと顔をあげる。とろりと暗い金色の液の沈んだタンブラーを宙に持ったまま、女が尋ねている。「お幾つでしょうか」

「間もなく三十になりますけど」

タンブラーの膨らみが女の胸の膨らみと重なって揺れて見える。

「わたしたちが出会ったころ、主人はちょうどあなたぐらいの年齢だったわ」

「ほう、そうでしたか」

と荒尾が言葉をはさんだが、女は私から視線をはなさなかった。

「あなたが部屋に入ってきたとき、わたしは主人が帰ってきたのか、と思って心臓がとまりそうになった。ドアのところは薄暗くてお顔はよく見えなかったけど、背格好がそっくりに見えたんです。明るいところでよく見ると、お顔は牧さんの方がずっとハンサムでいらっしゃるけど、感じが、そうだわ、そうやって眉をひそめて上目遣いにわたしを見る目付はそっくりよ」

女の唇が口の両側を指ではさんで真中におさえたように上下に膨らんでいるのに気付く。やや暗い赤の口紅は滑らかなのに、縦に幾本ものしわが動いている。蛭が身を縮めているように妙になまなましくて、視線をそらした。

と急にタンブラーを片手に持ったまま、女はソファーの背に両腕を開くと、声をあげて笑い出した。

「ばかみたいでしょ。わたしったら。本当に主人が帰ってきたのなら、いまはもう四十歳を越えてるのよ。それなのにむかしのままのあのひとなんて」

かすかにひび割れるようなかすれを含んだ甲高い笑い声は、スタンドの灯の外へ、古い壺や土偶や奇怪な仮面が浮き出しているほの暗がりの中へとゆっくりとひろがって吸いこまれてゆき、すっと静寂がかえってくる。女はまた元の話し方に戻って言った。

「主人はわたしから時間を取ってってしまったみたいね。七年前で時間がとまってしまったのよ。と言って、わたしはちゃんと七年、としをとってるのに。とても変な気持よ」

口のなかに舌というものがあることを実感させるような話し方だ。

荒尾が勿体振った調子で口をはさんだ。

「つまり牧さんを見て、ご主人を懐しく思い出した、というわけですな」

「冗談じゃないわ」と女はきっと荒尾の方に向き直った。「あのひとは勝手にわたしを置いていなくなってしまったんですよ。せめて死体でも残してくれたら、事ははっきりするのに。書きおきさえない。わたしはあいまいで中途半端なままに、こうしてこんなお化け屋敷のようなところに閉じこもって、ただ待っている。こんなひどいことって滅多にあるもんじゃないわ。懐しいですって。本当にいまのこのこと帰って来でもしたら、あそこに並んでいるケニアの土人の槍で、思い切り刺し殺してやるわ」

女のはげしい感情の起伏に、私はただ息をのんで見守っていた。

「たいへんに失礼いたしました。世間の苦労は十分に積んできた私ですが、ご婦人の心理だけは、いつになっても謎です」

荒尾はおどけた調子でそう言った。

「そうかしら。この方をお連れになったのも、ちゃんと目算を立ててのことと思っておりましたけど」

「とんでもない。牧さんにお聞きになって下さって結構です。牧さんが偶然お宅を台地の上から見て、あんな素晴らしいお屋敷に住んでいるのはどんな人だろう、と私に話したんです。それなら私がいろいろとお世話になっているお屋敷だから、というわけで、お連れしただけでして。私にだってこのように礼儀もわきまえ教養もある立派な友人がいることを、お見せしたいというぐらいの魂胆はありましたけど」

「ではそう信じておくことに致しましょう。ところでそんなに興味をおもちになってこられたのに、わたしのような女でさぞ期待はずれだったことでしょうね」

女は私の方に向き直って笑いかけた。

「いいえ、想像したとおりでした」

と私は答えたが、初めてこの屋敷を眺めたときにぼんやりと浮かんだのは、もっと影のような、か細い少女だったことを思い出した。

「どう想像なさったのです?」

「森の中の古い城に閉じこめられているお姫さま」と冗談めかして言いかけて、「女王さま」と急いで言い直した。

「すてきな想像ですわ。でも女王さまではなくて魔女かもしれませんわよ」

口許は笑みを浮かべながら、女の目は笑っていなかった。私も軽く肩をすくめてみせながら、一歩足を暗闇に踏み出すような気持で、女の深々と黒い目を覗きこんだ。視線がしなやかに受けとめられてから濃く絡みつかれるのを感じた。急に館の全体を覆っている蔦の蔓先の無数の吸盤が、ひたひたと皮膚に吸い着いてくる感触を覚えた。庭の樹蔭で見かけた様々な奇怪な石像の姿が浮かび、それが女の背後の仮面の列と重なって、ゆるく渦を巻いて漂う。

「牧さんも見かけに似合わず、なかなか言うじゃありませんか」

と荒尾がひやかすより、そそのかすような口調で言い、それからすっと冷静な声にかえった。

「きょうはこれくらいにして失礼しましょう。コニャックも十分頂きました」

私はまだ心のたかぶりが残っていたが、三人とも立ち上がって別れの挨拶を交した。ドアを出ようとしたとき、さり気ない調子で女が私に言った。

「あすの夜、宅でパーティーを致しますので、ぜひいらして下さい。ささやかなものですから、普段の服装で」

家政婦が電話で呼んでくれたタクシーを玄関で待っている間に、荒尾が言った。

「パーティーは出た方がいいよ。有名な学者もくるようだからね」

学者には興味はなかったが、あの女には会いたかった。だがそう思われるのは恥ずかしかったのでわざと気のない風に答えた。

「招待を断わっても悪いし、気が向いたら行くよ」

それから、あなたのお蔭で本当におもしろかった、と礼を言った。

「なあに、子供のときからの友達じゃないか」

と荒尾は笑った。冗談だか本気だかわからない笑いだった。

Ⅳ

バス通りとはちがう道路からタクシーで入ってきたので、あの屋敷がなかなか見つからなかった。昼間でも人影まばらなこのあたりは、暮れ切ると走り過ぎる車さえほとんどなく、急に住民がいなくなった無人の都市の一角のようだった。会社のビルはもうすっかり灯が消えて、壁の一部だけが街灯の水銀灯の明りに冷え冷えと照らされ、全体が巨大な白い亡霊のように見える。マンションの玄関の灯は明るいが、ホールはがらんとからっぽである。

「むかしはお屋敷ばかりずっと並んでたんですがね」と初老の運転手が上体をかがめてほの暗い道路の先を見つめながら言った。「一億だったか一億五千万だったか、それ以上の遺産の相続税は七割にもなるはずだから、主人が死んだらまず手離すより仕方ないでしょうな。もう十年、いや五年もすると、すっかりマンションになってしまうんじゃないですか」

「そうだろうと思うよ」と私も言った。「いま残っている屋敷も、そう考えると、束の間の幻みたいなものだ」

だがその幻が、真新しいマンションよりずっと重い気配と影を抱きこんでいるのだ。ヘッドライトの光の中に長い土塀が照らし出され、表面のひび割れの線と様々な形のしみの模様がくっきりと浮き出して見えた。

二度三度と同じ道を行ったり来たりした挙句、ひょっこりとあの屋敷の出入口の前に出た。パーティーのためか、今夜は厚い鉄の戸も開いたままだった。戸のわきに小さな明りもついている。

庭の中には、むかしのガス灯そっくりの、黒い鉄の棒のうえに、同じ鉄の枠で囲んで黒い唐草模様のついた青っぽい灯が、ところどころに立っていたが、わずかにまわりを照らすだけで、風のない茂みはじっと闇を抱いてこもっていた。「葉が動く。だが風ではない。枝に絡みついた蛇が動くのだ」と、以前にどこかで読んだ言葉が、思い浮かんだりした。足早に歩いた。ガス灯の下に羊歯《しだ》類の葉が青白く重なり合っていた。様々な植物の精気のこもった闇が、皮膚にしみついてくるようだ。

別に今夜ぜひここに来なければならない義理は全くない。自分の意志で来て自分の足で歩いているにもかかわらず、意志よりももっと深いものが、いま私を動かしている。たとえば心の奥によどんでいる底なしの沼の水のようなものが潮のように動いて、体がその方向にひとりでについてゆく。奇態だが不快ではなかった。むしろ自分が自分以上のものと自然につながっているような不思議な現実感だった。

茂みのはずれに近づくと、白大理石の柱の立っている玄関のすぐわきから明りが洩れているのが見えてきた。きのうは内側が暗くてわからなかったのだが、壁から少し張り出したベランダがあって、蔦の蔓が何十本も垂れ下がっている。その蔓の列の隙間から内側の部屋の灯が流れ出ているのだが、蔓についた葉の一枚一枚の縁の切れこみまで、透かし彫りの鉄細工のように鋭くぎざぎざに浮き出している。館の全体が陰々と暗いだけに、黒い透かし彫り模様の奥の灯は、洞窟の奥から光が洩れ出しているようだった。茂みの端に立ちどまって、私はしばらくその懐しいようで気味悪い光を眺めていた。

そこが正式の客間のようだった。きのうの部屋より広くて明るい。ローソクの焔の形をしたガラス電球が五重六重の環になっている大きなシャンデリアがふたつ、それに部屋の四隅の角には金色の柄《え》に蕾の格好の覆いのかかった電球が、煌々と輝いていた。だが、うっすらと色のさめかけた厚い黄土色の絨毯、艶のうすれたマホガニーの家具、暖炉の乾ききった煉瓦、かつては純白だったにちがいない壁クロースなど、何十年もの時間の流れにさらされてきた部屋そのものが、光を照り返すより吸いこんでしまう。音も吸いこんでしまうのかもしれない。ざっと見渡して二十人ほどの人たちが幾つかの塊に分かれて話し合っているのに、少しも騒がしくなく、賑やかでさえなかった。

　私の招待者は、最も話が弾んでいるらしいグループの中にいた。襟元から長い裾の端まで縦に真直に半身ずつ黒と赤の生地を継ぎ合わせたドレスを着て、最も目立っていた。だが私には気付かない。荒尾なら真直に彼女のところへ行って話しかけるだろう、と考えながら、私は戸口に近い小テーブルに並べてあったビンの中から、アルコール度の弱い輸入ビールを選んでグラスについで、壁際の置物を見て歩いた。

　何よりも目につくのが、戸口を守るように床から立っている西洋の古い甲冑だった。銀色に磨きあげられていたにちがいない鋼鉄の薄板もいまはすっかり黒ずんでいるが、顔じゅうを包むかぶとの面の中で両目の部分だけにあいた暗い穴、複雑な鋲留、蝶番、尾錠で更に巧みにつながれている関節の部分、指の一本一本まで動くように金属製の鱗を貼り合わせた精巧な手袋など、細心に守られていればいるほど、人間の体の傷つき易さ、薄い皮膚と脆い肉、たっぷり含まれた血とリンパ液を、かえってなまなましく感じさせるのだった。

　竜なのか蛇なのか曲がりくねった模様がびっしりと刻みこまれた青銅の鼎の肌は、山羊や羊、もしかすると人間の犠牲《いけにえ》まで煮つめたかもしれぬ脂がしみこんで、青白く光っているようにさえ見えた。頭のまわりに後光の輪がかかっている聖人を描いたロシアのくすんだイコーンがあった。チベットのものらしい原色の曼陀羅があった。小さな記号のような線描のトナカイや人間や鳥や化物が、ごちゃごちゃに描きこんである大きくて平べったい古い皮太鼓もあった。私にはそれらの物がどれだけの価値があるのか見当もつかない。どこの土地の、いつの頃のもので、どういう用途のものかわからない物さえ幾つもあったが、必ずしも見た目に美しく高価そうな物ばかり集めたのではないことはわかる。初めは何気なく時間つぶしのつもりで眺め出したのだったが、次第に興味を覚えたばかりでなく、それらの一見怪異な物たちが身につけている雰囲気が、この屋敷全体の空気と別のものでないことが感じられてきた。それは感覚よりもっと深いところに働きかけてくる。この屋敷の庭に初めて入ったときと同じように、心が内側に開いてゆくように思われるのだった。

そうして壁と棚の前をゆっくりと行ったり来たりしているうちに、横顔のあたりを誰かに見つめられている感じを覚えた。初めは気にしなかったのに、その視線の感覚はいよいよ強くなった。さり気ない風に、私はうしろを振り返った。

そこは戸口に近い部屋の隅の方だった。二メートルほど離れて、ひとりの少女が私を見つめているのだった。背が高い。だが薄く白いガウンのような服のひだのついた襟元から、細い鎖骨がはっきりと見えるほど痩せていた。胸も薄く顎がとがって、顔が透き通るように青白いのに、目だけが黒く光って大きい。その両目を一杯に見開いて、じっと私を見つめている。私と視線が合っても、まばたきひとつしない。

部屋の真中の方で急に笑い声が起こって、部屋の空気が一瞬生き生きとざわめいた。だが少女は全然聞こえもしないように身動きもしなければ、張りつめた表情も崩さなかった。不可解な強い感情のこもった目つきで、私を凝視したままだ。

初めは当惑し次いで不快な圧迫感を覚えたが、強いて私は微笑を浮かべながら何か言葉をかけようとして一、二歩歩み寄りかけた。すると少女の目はいっそう輝きを増し、両腕がのろのろと、まるで機械仕掛のように上にあがり、両手とも掌を私の方に開いて止まった。私の近寄るのを懸命に押しとどめようとするようだが、ゆるく開かれて震えている指先は縋りつこうとしているようでもあった。背丈からは十七、八歳ぐらいに見えるが、多分もっと下だろう。固い体の線、薄い胸、ひどく幼い表情と動作は、やはり少女のそれだ。

両手を差し出したまま、少女はいぜんとして口を固く閉じたままである。私はうまく言葉が出てこない。向かい合ってにらみ合ったような格好で、息苦しい緊張だけが強まる。少女の表情が苦し気にこわ張ってきた。いまにも金切り声をあげるか、そのまま倒れるのではないか、と私は強く不安になった。これではまるで私が少女に挑みかかって、少女が怯えすくんでいるように見えてしまう。

丸顔の家政婦が急ぎ足に近づいてくるのが見えた。餅のようにふっくらと白い頰を紅潮させて家政婦は走り寄ってくると、低いがきびしい声で少女に声をかけた。

「お嬢さん、どうして出てこられたのです。さあ早くお部屋に戻らないと」

少女はがくっと音がするような人形じみた動作で顔をまわしたが、表情は張りつめたままだった。だが「お母さまに見つかって怒られますよ」と言われると、途端に強い怯えの色が浮かび、両手がのろのろと下りた。家政婦はすかさず片手を少女の胴にまわして抱いた。少女の体は急に張りを失って、家政婦の体にもたれかかった。

「失礼しました」と小声で私に断わりながら、家政婦は少女の細い体を抱えこむようにして部屋を出ていった。

少女が身につけていた薄いガウンのような着物が、パーティーには全くふさわしくない部屋着だったことに気付いた。部屋を出るとき、少女は振り返って、背の低い家政婦の肩越しにあの大きな目で私を見た。こんな深い悲しみを湛えた目を見たことはないと思った。少女の傷つき易い魂が傷つききって、両目に露出しているようだった。

ドアから連れ出されるとき少女は暴れも叫びもしなかったが、その目の色はどんな叫び声よりも鋭く私の心に突き刺さった。

「来て下さったのね」と背後で聞き覚えのある、舌をくねらせるような女の声がして、われに返った。少女が出ていった黒褐色の重く厚いドアの木目を眺めながら、私は混乱してぼんやりと立っていたのだった。

上質なビロードらしい、赤と黒の二色のドレスが、繊細にやわらかく光っていた。女は昨夜よりいっそう濃く念入りに化粧していた。眉が細く描きこまれ、目のまわりにきつく墨が入っているうえに、緑がかったアイシャドーが鱗粉のように暗くきらめいている。明るい朱色の口紅を厚く塗った唇は、かえってしわが微妙な影を刻みこんで見えた。

少女があんなに怯えた母親というのがこの女だったのか、と私も思わず後ずさりするような気持で、女の顔を眺めた。だが女は少女の事件（私にとっては確かに事件だった）など全然なかったように、落ちつき払って婉然と笑いかけている。

「いついらしてたの？」

「ついいましがた。いやちょっと立派な置物を拝見してました」と私があわてて答えると、女は肩を振るようにして部屋の中央の方へ向きを変えて歩き出しながら、冷然と言った。

「ああ、ほとんど模造品と偽物ですわ」

それから声を低めて早口に言った。

「パーティーが終わる前にここを出て、わたしの部屋に行ってて。いいわね」

囁きに近いのに、声にこもったひびきは命令口調だ。反発めいた気分が起こりかけるが、言う通りにするだろう、いやそうなってしまうだろうということもわかる。

最近になって気がついたのだが、行動の決め方が私はどうも他の人と少しちがうらしい。もちろん計算をしないわけではない。だが計算で片付く事柄は、単なる習慣的行動と同じように重さと手ごたえがない。自分はいまこのことをしている、という現実感を感ずるためには、計算と習慣以上に心が働かねばならない。そして心の動きは私の意志を越えている。私自身の意志を越えた心の動きに従うときだけ、論理的には矛盾しているようだが、私は自分自身を実感できるのだった。ただ私の意識と意志を越えて、一体何が私の心を動かしているのか、それを私は知らない。

部屋の中央で螺鈿《らでん》細工のテーブルを囲んでいた客たちに、女は浮き浮きと私を紹介した。客はほぼ中年の人たちだった。もっと年輩の老人と婦人たちは、別のグループをつくっていた。この屋敷の老主人の関係なのか、若夫人の知合いなのか、会社の部長、調査室長などの肩書の人もいたが、この人たちも熱心に学者たちの話を聞いていた。いろんな話が出て、珍しい体験、初めての話も幾つもあったが、いまの私にはそれらの話も意識の表面を滑り過ぎてゆくだけで、心までは沈みこんでこなかった。むしろいつのまにか、あの女の部屋への迷路めいた廊下を思い出そうとしていたり、先程の少女のことを考えたりしていた。

ただ学者だったか評論家だったか、ひとりの客が、現在ではある種の精神病質者の方が社会に適応している、と言った話は興味をひいた。

「考えてみて下さい」とその客は話した。「ひとつの村社会で、村人同士はお互いにすべて知合い、夜道で立ち小便している後姿を見ただけでどこの家の何番目の息子だとすぐわかるし、誰か死んだときはもちろん、子供が生まれた、嫁をとった、入学試験に通ったということまで、一緒に悲しんだり喜んだりするような社会に適応してきた人が、いま東京の大企業に勤めてマンションにでも住んだらどうなるか。自動販売機で地下鉄の切符を買い、煙草を買い、酒まで買う。マンションの隣の主人の顔を、五年住んで一度も見ないことだってある。会社でだって自分に直接関係のない仕事の問い合わせ電話がかかったら、さっとその課の方に電話をまわす。プロジェクト・チームを組んで特定の仕事に共同で熱中するが、お互いの私生活は無関係だし、チームが解散になればそれきり。まあそんな生活にいきなりぶちこんだら、必ず神経障害を起こす。むしろ感情をこめた人間関係が不得意で、契約的な人間関係あるいは口ひとつきく必要のない機械相手の方が気が楽、あるいはカセットラジオ一台あれば何時間ひとりだけでいたって平気だというような人間の方が、現代の社会では生き易いんです。そういうタイプの人間は、全面的に感情的な関係でつながり合っている村的人間の基準からすれば、異常者でありすくなくとも変人です」

「おっしゃるとおりで、私など村社会にはもう絶対に住めませんね」

と別の客が相槌を打った。

「ということは、あなたは一種の分裂的異常者ということですよ」

最初の男がそう指摘すると、みな同意するように笑った。

「でもねえ」とさらに別の男が言った。「人間の心というのは、大脳の構造と同じで、新しいものが古いものに取って替るのではない。上に積み重なるだけで、古い部分も生き続けるんです。だから会社では冷徹明晳な部長が、日曜には一坪農園を買ってよろこんで土いじりしている、ということになる。そうじゃありませんか。あなたは」

「土いじりなんかしませんね。日曜の夜もこうしてお話を聞いてます」

それから話がどう発展していったかわからなかったが、この話は私自身のことを言われたように印象に残った。確かに私は会社の仕事は好きだし、マンションでのひとり暮しをとくに孤独だとも冷たいとも感じない。にもかかわらず、思いがけない渦に巻きこまれたようにこんな屋敷に魅せられて、異様な実感さえ覚えている。それぞれの分野で立派に現代に適応しているらしいこの男たちだって、何かが足らないから、あるいは内部から駆り立てるものがあるから、こうして黒い林の奥の館に集まって、話を交しているのだろう。

彼女は、婦人たちの席に坐り続けていた。時々そっと眺めたが、とくにはしゃいでも気取ってもいないのに、その姿は際立って見えた。いわゆる元気があるとか活気があるという感じとちがう、体そのものがじっとしているだけで生気を放っているのだった。

やがてひとりふたりと客が帰り始めた。家が遠い人たちなのだろう。客の数が半分ほどに減ったとき、私もそっと席を立って部屋を出た。

ひとりだけだったので、そのまま玄関とは反対の奥の方へと廊下を足早に歩いていった。最初の曲がり角を曲がってからほっと息をついた。勝手に他人の家の中を歩きまわっているわけではないし、彼女の部屋で待つといっても何が起こると決まったわけではないのに、動悸が烈しい。曲がり角をひとつ曲がるごとに立ちどまって息を整えた。

記憶の通りに幾つも鏡があった。正確にきのうの奥まった部屋へと向かっているはずだった。ところが急に廊下は行きどまって、階段になった。何十年と磨きこまれたにちがいない木の手すりが薄暗い明りにもぴかぴかと光り、古びた絨毯がどっしりと光を吸いこんでいる。

どこで道を間違えたのかわからない。といってそのまま階段を登るわけにもいかなかった。しばらくぼんやりと階段の下に立っていた。だが幾ら考えてみてもどうなるものではない。引き返して玄関まで出てしまったら、やはり帰った方がいいということだし、彼女の部屋に行きついたら、そうなることになっていたわけだ。そう考えて廊下を戻りかけたとき、「おい、きみ」と階段の方から声がした。怒鳴り声ではなかったが、きつい声だ。あわてて後を振り向いた。階段の途中に老人が立って、手すりに片手をかけているのが薄明りの中に影絵のように浮かんでいた。

これがこの異様な屋敷の老主人だ、とすぐにわかった。思わず体が震える。こんなところでこんな格好で出会うとは。かろうじて答えた。

「パーティーに招かれた者ですが、帰ろうとして迷ってしまったのです」

老人は片手を手すりについたまま、黙って一段ずつ、階段を降りてきた。その足どりは心もとないが、背が高く腹も出ていなければ腰も曲がっていない。顔は濃いしわとしみでミイラを連想させたが、深く落ちくぼんだ眼窩の奥の両眼は鋭く光って、射すくめられるようだ。

「迷うほどの御殿じゃあるまいが」

かすれ気味だが、腹にじかにしみとおるような声である。インド人の男が着るような、袖と裾の長い詰襟の長衣が妙に身についている。この老人ならあんな庭をつくったり彫像を並べたりもするだろう、と心の中でつぶやく。

「きみはたか子の友人かね」

あの女の名前だろう。

「きのう知合いになったばかりです。ご存知と思いますが、荒尾さんが紹介してくれたのです」

老人は改めて私の顔を見つめ直し、私は思わず視線をそらす。

「きみは荒尾の仲間か」

「いいえ、偶然に知り合ったばかりです」

声が震えるのはわかっていながら、うわ言のようにしゃべってしまう。

「実はバス通りの空地からこの屋敷を眺めてたら、偶然通りかかった荒尾さんがよく知ってるから連れてってやると言ってくれました。それできのう初めて一緒に伺ってお庭を拝見しました」

「あの男め勝手なことをしやがる。あんなやつに庭がわかるものか」

老人は吐き出すように言ったが、私は思いきって答えた。老人の態度も口調も恐ろしいのだが、真剣に受け取めてくれるものがある気がした。

「私も庭園とか彫刻とか陶磁器は全くの素人でしかありません。ただとても身近な気がしたのです。客間の置物もそうでした。なぜか自分でもわかりません」

「みなはわしの頭がおかしいと言いおる」

「どれもいつかどこかで見たことがある、という気がするのです。気味悪いのに懐しいのです」

老人は廊下の薄暗い照明の下で、改めて私を眺め直すような目つきをした。

「きみは若いのに、少し変わっとるらしい」

老人はそれだけ言うと、手すりに摑まりながら、背すじを起こしてゆっくりと階段を登っていった。その後姿を、私は息をのんで見送りながら、全身褐色に変色した老カマキリを連想した。

ひとりになると家じゅうの沈黙が強く身にしみた。妙な具合だった。この家を空地の端から初めて眺めたのが三日前だったのに、そして初めは庭だけでも見るために入ってきただけだったのに、いつのまにかこの家の人たちとかかわり合おうとしている。きのうの夕方、初めて土塀の下の黒い口からここに入ってくるとき、いやきょう二度目にひとりで暗い庭を抜けてくるときでさえも、ひしひしと感じた漠然たる胸騒ぎは薄れていた。不安がなくなったわけではなかった。もしかするとこれまでつくり上げ保ってきた私自身の構造——生活の形から物の考え方、感じ方までが、土台からゆらぐことにもなりかねない、という予感はかえって濃くなっているのだが、すでに私の心は渦を巻きながらこの屋敷へ、その内部へと引き寄せられている。

そんなことを自分に言い聞かすように考えながら、薄暗いからっぽの廊下を私は歩き続けた。

客間はすでに静まり返って灯も消えていた。そっと押しあけたドアの隙間から洩れこんだ廊下の明りが、錆びた甲冑の半身を照らし出した。目の部分に僅かに開いた箇所がぽっかり黒い。

他人の静かな死の眠りを乱したような気がして、急いでドアをしめた。

玄関からもう一度きのうの道順を辿り直しながら、窓のない廊下の連なりが地下道、いや地下墓地の中の通路のような気分がしてきた。通りがかりのドアを開けると、その中にお棺が立てかけてあって、ぐらりと倒れこんでくる。どのドアも、どのドアも。

間もなくここらしいと思われるドアの前に出たが、しばらく開けるのをためらった。バカな、と肩をすくめて、妙な想像を追い払いながら、把手をまわした。中は灯がついていなかった。彼女はまだ戻ってきていないようだ。後手にドアをしめてから、ドアのそばに立って目が慣れるのを待った。ドアと反対側の高い位置に小窓があって、うっすらと弱い光が洩れこんでいた。星明りにしてはやや明る過ぎる、とすれば月が出ているのだろうか。

ぼんやりと部屋の中央にソファーの影が浮かび出してきた。壁を手探りして明りのスイッチを探すのは、何かにぶつかってこわしそうでいやだった。あのソファーに坐って待てばいいだろう。きのうはそれほど感じなかった濃い化粧品のにおいがこもっている。

すり足に絨毯の上を進んで、ソファーの手前まで来た。小窓からの薄明りがソファーの向こう、部屋の真中あたりに射しこんでいる。そこを何気なく覗いて、はっと立ち止まった。絨毯のうえに薄く透きとおるような寝巻姿の女の体が横たわっていた。

片手は胴のわきに沿って伸ばし、もう一方の腕が肘のところで曲がって横に投げ出され、豊かな髪が絨毯のうえに流れるようにひろがっている。目は閉じているのか開けているのかわからない。ふとってもなく痩せてもいない体の曲線が、胸で膨らみ胴でくびれてから腿のところでまたゆるく膨らんで、細くしまったくるぶしへと流れてゆく。体の全体がかすかに燐光を放つように光って見える。

私は誰もいないとばかり思っていたので、別に足音を忍ばせて歩いたのではなかった。足音ははっきりと聞こえたはずなのに、女の体は少しも動かない。すべてが静止して感じられた。眠っているのか。寝息は聞こえない。ことさら息をひそめている気配だ。私も静かに深呼吸するように、ゆっくりと空気を吸って少しずつ吐いた。熱苦しいものが胸に湧き出し、腰の方に沈んでゆく。

少年のころからほとんどこれとそっくりの、薄闇の底に横たわる女の体を幾度となく夢に見た気がする。夢の女の体も動かず、しゃべらないが、白くやわらかな肌全体の誘いに、至福に近い感情が高まる。だが触れようとすると、触れるか触れないかの瞬間に目がさめる。必ずそうだった。女の顔はいつもぼやけてわからないが、親密な気分だけがひどく濃く残る。

これは夢ではない。消えることもさめることもないのだ。まわりの壁にかけてある様々な仮面がぼんやりと見えた。歯を剥き出しているもの、瞑想しているもの、薄笑いを浮かべているようなもの。

女はおそらくある瞬間、多分私が彼女の体のどこかに触れた瞬間に、いきなり笑い出そうとして、わざと息をひそめているのにちがいない。そう気付くとともに、私の中にも悪ふざけあるいは一種のゲームのような気分が生まれかけた。幾らか落ち着いて投げ出されている足を眺めた。体全体に比べて小さ目のかわいい足だった。指先がどれも黒ずんで見えるのは、濃いペディキュアにちがいない。土踏まずの部分が深くえぐれこんで甲高の形のいい足だった。

ゆっくりと女の上に身を屈めかけた。と、思いがけなく恥毛の黒い影がすぐ目の下に透けて見えたような気がした。その瞬間、記憶の深い部分が不意に騒いだ。これまで一度もはっきりと意識したことはなかったのに、恥毛は母の記憶と強く結びついていたのだ。多分幼い頃、一緒に風呂に入ったときの驚きの記憶だ。乳房は赤ん坊のときから慣れていたが、何歳のときだっただろう、母の下腹部の黒々とした毛が不意にひどく異様に見え出したのだった。すべすべとやわらかく温い母の体の中で、そこだけが何か別の生きもののように恐ろし気だった。

そして一年前、塗りたての白いペンキが光っている病院の霊安室で、私は泣きながら母の体を拭いていた。幾度もの手術の末、苦しんで母は死んだ。親切な看護婦が顔に丹念に化粧をしてくれたが、胸には肋骨が浮き出し、乳房はしなび切っていた。ほとんど肉のそぎ落ちてしまった細い腿に、私は止めどもなく涙を落とした。そして看護婦がかけておいてくれた白い布を何気なく下腹部からのけかけたとき、黒い毛のかたまりが見えたのだった。衰えきってすでに冷えきった全身の中で、そこだけがまだ生き続けているようなみずみずしい茂みを。母の中の女が、他のすべての部分が死んでもなお生き続けようとしているようだった。

そんな思いがけない記憶とともに、さっきまでの体の火照りが急に薄れていった。まわりの壁で、仮面たちが呪ったり、嘲笑ったりしていた。さらにその外の闇の中では、蔦の蔓が、羊歯《しだ》の下草が、そてつの花が、勝手にじわじわと伸び続けていた。その中で彫像たちも目を開いたり、乳房がうずいたり、そっと歩きまわったりしているようにさえ感じられる。

天井がひどく高く見える。その一角に開いた小窓から覗ける夜空はさらに高々と冴えていた。こんなに空が深いと感じたのも初めてのことだ。まるで初めて自分の心の奥を覗きこんだように不気味な深さだった。

底光りする夜空の深さは、やはり月のせいだった。女の部屋からそっとテラスに出ると、ちょうど正面に、黒々と盛り上がった樹の茂みの上を、大きな月が昇っていた。欠けた影の部分もうっすらと浮き出して見える大きな月だった。

テラスのセメントの床が、乾ききった砂地のように白々とざらついている。その上に、出し放しの鉄製の丸テーブルと折りたたみ椅子の影が、鋳込んだように濃い。何となくその影を踏まないようにして、テラスを横切った。背後で女がカーテンを強く引いたらしい。カーテンレールを金具の滑る音が鋭くひびいたあと、月明りの庭はいっそう静まり返った。

テラスの隅から石段を降りながら、月とまともに出会うなんて一体何年ぶりだろうと思った。月は毎月満ちたり欠けたりしているはずなのに、すっかりビルが高くなり空が狭くなった街の中では、月の出ていることに気付くことは滅多にない。ごくたまに気付いても、街の明りが月光をみじめに消してしまう。

いま石段の一段一段が、表面を何かでひっかいたような傷、しみついた苔の暗褐色の奇妙な形まで、ありありと見える。ここは玄関のある側とちがって、家と林との間に芝生が開けていた。芝生は見事に手入れされているとは言い難く、ところどころに雑草の茎が唐突に突き出ている。花壇を囲んで積みあげられている煉瓦もゆるんでいて、すでに葉の凋んだ鶏頭の大きな花軸の頂が、干からびかけた獣の舌のようにねじれ黒ずんで並んだ向こうには、彫像が二体三体と離れ離れに勝手な姿態で、頭から月光を浴びているのがぼんやりと見えた。

空がひどく高く広い。風もないのに雲ひとつない。星もなかった。いや月のまわりで星の光が薄れ消えているのだった。そうして遮るもののない空間を、鋼鉄の硬さと茄子紺の艶やかさの溶け合った不思議な闇の輝きが、月を中心に大きく渦を巻いていた。渦はゆるやかな光の波を放射し、それが闇の粒子をそっとゆすって、空の彼方から私を取り巻く空気の層の中まで、リンリンリンと澄み切ったかすかな音が鳴り続けているようだった。それに比べると、雑多な樹々を勝手に寄せ集めた地上の森の闇は濁っていた。満たされることのない人間の夢想の狂おしさにざわめいていた。不揃いな樹々は気ままに梢を突き出し、枝をねじっている。熱帯樹の広すぎる厚い葉が、思いがけないところで月光を散乱していた。

地面に降り立つと、テラスの上からは一面に濡れたように仄明るく見えた芝草の一本一本が、青白く放電するように逆立っていた。樹々の闇がいっそう荒々しく息づいて見えた。花壇の土の中で、何か微細なものがじっと光っている。背後で洋館はすっかり灯が消えていたが、蔦の蔓の先が、もうほとんどなくなった壁面の空いた部分を、しきりにまさぐっている。不思議な精気があたりじゅうに張りつめていた。彫像までがいまにも動き出しそうな気配だ。

手前の方の二体の青銅の像は背後の林に輪郭が溶けかけているが、やや離れて立っているほっそりと小柄な像は大理石製らしい。月光が頭からうなじ、肩から胸へと細流になって流れ落ちている。やわらかな輪郭から明らかに女人像だが、かぼそいうなじ、ひかえ目な胸の膨らみはほとんど少女に近い。日頃は少女にとくに興味はないどころか意識することさえないのに、いまひと気ない月明りの庭に白い影のように浮かび出した少女の像は、強く私をひきつける。初めておとなの女の部屋に入りながら、不様に固くなってろくにものも言えなかったせいだろうか。羞恥心と怯えの気分がまだ尾を引いていた。

と不意に、鶏頭の花壇の奥で、像が静かに動き出した。少なくともそのように見えた。光の細流が急に乱れてまわりに乱れ散った。初めは幾分おずおずと、次第に弾むように、少女の像は芝生へと歩み入る。月光に誘われて、というより体の内部から自然に湧き出てくる軽やかな生気のままに、体がしなやかに晴れ晴れと動いているようだ。

私は息をつめて立ちすくんでいた。少しでも身動きすると、忽ち場面に亀裂が走って何もかも消えてしまうような気分。だが私の存在など全く気付いていないような、のびのびと自由な少女の姿の動きを追いながら、私の気分も急速にほぐれてくる。自分を縛っている目に見えない鋳型がゆるんで、細胞がじかに月明りに晒されるようだ。

少女はただ芝生の上を歩きまわっているだけなのに、まるで舞っているように自然ではなやかな身のこなしだった。顔を空にあげると、長い髪がゆれる。足首までの長く白い衣裳がひるがえる。胸もとにひらひらと飾りのついたネグリジェに似た薄地の衣裳。あれはパーティーの部屋で出会った少女が着ていたのとそっくりではないか、と気付いたとき、その姿は芝生の奥を建物の蔭の方へと走り過ぎて、ふっと消えた。

ほんの一瞬の間だった。はっと我にかえって、元の石像の位置を眺めやると、石像は顔を俯いてひっそりと月光を浴びて立っていた。とすれば私は幻影を見たのだろうか。幻影というには、それは余りに生き生きと確かだった。ではあの少女が月明りの庭をさまよい歩きながら、急に石像の蔭あたりから芝生に現われたとしか思われない。こんな夜更に、あんな薄い着物で少女が歩きまわるとは普通なら考えられないとしても、パーティーの部屋での少女は異常だった。

混乱して私は立ちつくしていた。だがその混乱は不快ではなかった。月光の中にひっそりと立っている少女の石像は、いまにも自然に歩き出しそうに生き生きと見えたし、いま確かに芝生の上に見た少女の軽やかな姿は、晴れやかな印象をはっきりと私の中に残していた。それはこれまで味わった記憶のないほど、自由に解き放された気分だった。たとえ月明りの幻影だとしても、この思いがけない気分を、私は一生忘れないだろうと思った。

第二章　少　女

V

「荒尾さんとおっしゃる方がご面会です」と受付係の女の子から電話を通じて告げられたとき、一瞬、不快の念を覚えた。アポイントメントの電話もなしに、いきなり勤務中の会社にやってきて……いま席にいないと言ってくれ、と答えかけたが、息を鳴らしただけで席を立った。

だが受付に行ってみると、荒尾はひどく神妙な態度で隅の方に立っていた。体までひとまわり小さく見えた。彼だけではなく、初めての者はたいていビルの大きさに気おくれするらしい。

「伝えたいことがあったんで」

声も控え目だった。

「それなら電話でもよかったのに」

「ちょうどこっちの方に用事もあってね」

多分本当だろうが、この男が本当のことを口にするとき、かえってうそらしく聞こえてしまう。

地下街の喫茶店に降りるためエレベーターの前まで行ったが、並んだエレベーターのどれも下に降りていたので、階段を降りることにする。彼は黙ってついてきていたが、階段から通りひとつ隔てた隣の十階建てのビルの内部が丸見えになっているのに気付くと、心底から驚いたようだった。

「向こうからもこっちがあんな風に見えるわけだ」

どの階のどの仕切りの中も、同じようなオフィスである。課長の机が窓を背にして課員の机がずっと奥まで並んでいる。ワイシャツにネクタイ。書類が机の上だけでなく窓際にも積まれている。ロッカーの列、タイプライター、複写機。

「同じだからお互いに誰もわざわざ覗いたりしませんよ」

「こんな」と言いかけて一旦言葉をのみこんでから「よく毎日辛抱できるもんだ」と彼は言った。こんなハチの巣箱、あるいはブロイラーの鶏舎のようなところで、とでも言いかけたのだろう。幾分気おくれを取り戻したわけだ。別に自尊心を傷つけられもしない。コンクリートの箱ということなら、私の住むマンションの一室だってそうなのだから。どちらがより非人間的というわけでもない。

地下街の薄暗い喫茶店に入りこむと、彼は完全に自分を取り戻したようだった。逃げ場のない煙草の煙が青く淀んだ中で、小柄だが骨の太い体つきが甦り、話し始める前に厚い唇を舌の先でなめまわす癖も戻った。

「パーティーは楽しかったかね」

余裕のある微笑を浮かべてそう尋ねたが、片方の目が笑わないことは承知している。

「おかげでおもしろかった。客間にいろんな珍しい置物があったよ。若夫人はみんな偽物だと言ってたけど」

「年齢《とし》に似合わず、あんたは妙なものが好きなんだな。そういうところが老人の気に入ったわけか。おれなんか二年間通ってても本気には相手にされん」

それほど不満そうでもなく荒尾は呟く。それにしてもどうして私が老人と出会ったことを知ってるのだろう。

「パーティーのあとで、廊下をぶらついてたらぱったりと老人にぶつかったよ」

と私は用心して答えた。

「老人もそう言ってた」

とぼそりと言ってから、荒尾は急に取り入るような態度になった。

「今朝早く老人から電話があった。年寄というのは自分が早起きなものだから困るよ。きょうあんたにぜひ来て欲しいということさ。それも会社が終わったらすぐ。夕食を一緒にしたいそうだ」

最初に私をあの家に誘ったときの高飛車な態度とちがって、彼自身がぜひ行ってほしいと頼んでいる口調だった。一体何を企んでいるのかわかりようもないが、老人の意にそうことが彼の立場上必要なことぐらいはわかる。

「いま会社の仕事、忙しいんだがなあ」

「それを伝えにきたんだ」

「だけどあの老人がどうしてぼくなんかと会いたがるのだろう」

「似たところがあるんだろうよ。お前さんも少々おかしいからな。こんなまともな会社に勤めながら、あんな古屋敷に興味をもつ」

彼は私の答に安心したようにニヤリと笑った。肌をじかに撫でられたような感じだ。

「ぼくも聞きたいことがあるんだけど、いいかい」

テーブル越しにだんだん近づけてくる男の顔を、押し戻すような気持で思いきって言う。

「きのうのパーティーの部屋で、少女に会った。家政婦がすぐ連れて出て行ったけど、具合が悪いのかな」

「体の具合のことじゃないな」

彼は唇をなめてから声を低めた。

「あの子の父親は外交官でね。ベトナムに行ってた。戦争の一番ひどかった頃だから、単身赴任だ。いろいろ大変だったらしい。一年ほどたってから、不意にいなくなったんだ。ある日、ふらりと宿舎を出てそのまま帰ってこなかった。そのときあの子は母親とベトナムまで行ったんだよ。あの子には隠していたのに、どうしてか父親がいなくなったことを知ってしまってね、どうしても探しにゆくと何日も泣き続けたそうだ」

ベトナム戦争といえば、私が学生時代の、もうほとんど忘れかけている遠い話だが、テレビで見た幾つかの場面が残っている。

「そこから帰ってから、あの子は性格がすっかり変わった。というより、はっきり言うとおかしくなった。いまの母親は実は継母なんだ。複雑な事情があるらしいが、そこまでは知らん」

「わかったよ」と私は答えた。家政婦に抱えられて部屋を出て行ったときの少女の悲痛な目の色を思い出した。それと月の光の下をひとりでさまよい歩いていた姿。荒尾の話を聞きながら、本当に見たのだという気がしてきた。幻想ではない。いや幻影の形で、私は本当の彼女の姿を見たのかもしれない。本来の彼女を。ふっと遠くの方で、細くかすかにすすり泣くような声が聞こえる気がした。初めてあの屋敷を眺めて、この男からどんな人間が住んでいると思う、と尋ねられたとき、確か私の心の奥に、暗い部屋にひとり坐りこんでいる少女の姿が浮かんだはずだった。

「今夜必ず行くよ」と私は自分でも思いがけなくはっきりと言った。

「頼むよ」

一瞬、視線が合った。相手は片方の目だけだったが、たとえ何を企んでいようと、この得体の知れぬ男と、行くところまで行ってみよう、というたかぶった気分が改めて湧いてくるのを覚えた。


きょうも、玄関の厚い扉の表面に浮彫りになっている飛天女の姿をもっとよく眺めようとすると、扉が内側から引かれて、天女はすっと奥の方へ飛び逃げてしまう。代って家政婦の顔が現われるのもこれまでと同じだが、その肉付のいい色白の顔が、きょうは微笑を浮かべていた。だが、それが顔見知りになった親しみのあらわれなのか、それとも、昨夜私が若夫人の部屋のテラスから芝生を横切って帰ったのもちゃんと見ていたという狎れ合いの笑いなのかはわからない。

何しろこの館の照明は暗いのだ。玄関も廊下も階段も、これまでに入ったどの部屋も、昔ながらのタングステン電球ばかりで、蛍光灯はひとつもなかった。

「ちょうどようございましたわ。皆さま食堂でお待ちです」

家政婦はあいまいな微笑を浮かべたままそう言うと、廊下を客間とは反対の方向へと案内した。

食堂も仄暗かった。本格的なマホガニー製の大型食器戸棚が幾つも壁一杯に並んだかなり広い部屋なのに、明りは部屋の真中に置かれた部厚い一枚板のダイニング・テーブルの真上まで、凝った赤い覆いのついた電灯が、漆喰の天井から垂れ下がっているだけだった。電灯はほぼテーブルの広さ一杯に、かすかに黄色味を帯びた穏やかな光を丸く落としている。そのまわりに三人が腰かけていた。昨夜と同じ風変わりな詰襟服の老人の隣に少女、少女と向かい合って今夜は控え目な服装と化粧の母親――荒尾の言葉を信用するなら継母。テーブルの上には首の細長いシェリー酒らしい壜と、しっとりと艶やかな薄紅色の蘭科の花を無造作に投げ入れたガラスの大花瓶。

三人はすでにそれぞれの飲物を飲み始めていたようだが、家政婦の後から私が室内に入った途端に、いっせいに振り向くということはなかったし、誰も急いで立ち上がりも声をかけもしなかった。それにただひとつの明りは、直接にはテーブルの上と精々膝を照らすだけで、三人とも胸から上は、赤い覆いをとおった弱く柔らかな光線の中にひっそりと浮き出しているだけだったから、もし事情を知らなかったら、物静かな三代の小家族の（聖家族ではないとしても）穏やかな夕餉の席と思っただろう。

最初に振り向いたのはやはり老人だったが、声をかけたわけではない。飲物のグラスを持っていない方の手を上げて、自分の向かい側つまり若夫人の隣の席を指さしただけだ。家政婦がその席の椅子を引いた。背がうなじに届くほど高く、焦茶色の木の枠が優雅な曲線を描いている前世紀風の椅子である。私も挨拶を口にするきっかけを失ったまま、軽く頭を下げながら黙って腰をおろした。若夫人は義父が招いた客に対して許されうる最大限の感情をこめた笑顔を返したが、少女は顔を伏せたままだった。

恥ずかしがっているのか、あるいは無理に会食の場に坐らされて怒っているのかと思ったが、そのどちらでもなかった。年輪の縞模様が表面から浮き上がって見えるほど磨きこまれたテーブルの端の方を、羽の透きとおった一匹の虫がうろうろしている。少女はそれを見つめているのだった。少女の動かない視線に捕えられて、虫は自分の描く輪の外に出られない。だがその哀れな虫よりも、身動きもしないでそれを眺め下ろしている視線の主の方が、より孤独に見えた。虫の傍にジュースの入ったグラスが手つかずに置かれたままだ。ジュースがよく冷えていたらしく、グラスの肌にはびっしりと露がついていて、その一部が滴り落ちた小さな水たまりに、ひとつだけの明りが小さく封じこめられていた。

さり気なく視線をはずしたつもりだったのに、隣の女は私の不安を忽ち感じ取ったようだ。

「キリ子さん」と小声で、だが鋭く注意した。それから少女に何の反応もあらわれないのを見て、もう一度声を高めて呼んだ。母親の注意というより女同士の非難の声に聞こえた。

二度目の声で、少女はゆっくりと顔を上げた。びくりと体を震わせたのでもなく、顔が仮面のようでもなかったことに、私はほっとした。肩までかかる高い髪もきちんと手入れされ、襟に刺繡の入った品のいい淡黄色のブラウスを着た少女は、昨夜パーティーの部屋に逃げこんできたようにおどおどと怯えていたガウン姿の彼女とは、別人のように落ち着いて見えた。

まともに向き合うと、少女ははっとするほど美しかった。小柄な蒼白い顔に黒々と大きな目が、世界に対して何の先入観もなく虚心に見開かれた心そのもののようにきれいだった。という私の印象が、単なる比喩ではなかったことを、私はやがて怖ろしいほど思い知ることになるのだが、このときは、こんなにも美しく傷つき易そうなものがあったのかと、ただ驚いたのである。

その間、家政婦がおとなしく三人のグラスにシェリー酒をついでいた。三つのグラスに金箔を溶かしこんだように透きとおりながらきらめく液体が充たされると、老人がグラスを手にしながら幾らか芝居がかった態度で、おごそかに言った。

「よく来て下さった」

「遠慮なく伺いました」

と私はあわてて調子を合わせた。

「ようこそ」と若夫人も最後にグラスを上げたが、中身を空けるのは一番早かった。

少女は目を一杯に見開いて眺めていた。目だけでなく、鼻の形もなかなか魅力的だと私は思った。鼻先を軽く指で押し上げたように、すらりと高目の鼻が先端でつんと上を向いている。

「お食事は肉がいいですか、それとも野菜の家庭料理？」と若夫人が尋ねた。

「どちらでも結構です」

「ご遠慮なく、うちではいつもふた通り作りますので」

「ひとりだとレストランで肉を食べることが多いので、野菜を頂きます」

「ほらわたしが言った通りでしょ」

彼女は重大なことを言い当てたように上機嫌に言った。家政婦がうなずいて台所の方に消えたが、すでに用意は整っていたらしく、料理はすぐに運ばれてきた。老人と私が野菜料理とばかり思っていたのに、老人の前にはスープ皿が置かれた。野菜料理は私と少女だった。若夫人も肉の方だ。

驚いている私に、若夫人は声を立てて笑った。

「わたしはその日によって肉にしたり野菜にしたりですが、父はいつも、といっても夕食ですが肉ばかり、娘は一切肉を食べないんですのよ」

少女が何か言うかと思ったが、全く他人事のように、松茸のすまし汁をすすっている。老人もスープのあと、ニンニクと玉ねぎのにおいのかなり強烈ににおうなま焼きのシャリアピン・ステーキを、達者にのみこんでいた。老人のインド風の衣裳にはそぐわない感じもあるが、この屋敷を作ってきた人物は死ぬまで肉を食い続ける人間こそふさわしいだろう。

ステーキを平らげたあと、老人が話し始めた。静かな口調だが、暗い苛立ちが沈んでいる。

「わしの息子がベトナムで行方不明になったとき、その捜索にわしらも行ったんだが、あそこはカニの料理がうまい。川のカニだが、川がでかいからカニも大きいんだ。あるときこの子も一緒に食事しているときだった。新聞社の特派員のひとりが、ここでカニがなぜおいしいかご存知ですか、と得意になって言った。まだ幼かったこの娘もいる前でだ。戦争がひどくなるほどカニがうまくなるんですよ、死体をどんどん川に投げこみますからね。娘がカニはもちろんエビも魚も動物の肉を、それからどうしても食べなくなった」

今度ははっきりと自分が話題になっているのに、少女は一度も振り向きもしないで自分の速度で食事を進めていた。茶碗蒸しを口に運ぶときのスプーンの動かし方、豆腐をはさむときの箸の使い方は実に優雅なのに、何か全体として機械に正確に油をさしているようなところがある。飢えを充たすよろこび、好きな食物を舌で味わう楽しみというものが感じられない。私もそういうところがある。宇宙飛行士の食事のように、蛋白質何個、ミネラル何個、ビタミンC

とD何個と丸薬をそろえてひと口に飲みこんで終わり、というようだとどんなにいいだろうと思うことが度々ある。少女の食べ方は、豆腐を丸薬のように口に入れている。

老人はまさに反対だった。肉もサラダもデザートのパパイヤも、ひと切れ、ひとスプーンずつ、口の中で強引に押し潰し舐めまわし唾液をまぶしつけて、大口を開けて待っている愛犬の口に押し込むように、胃に送り込む。もちろん老人のことだから、量はたいしたことはないし、がつがつと勢いこんでいる調子とは違うが、この年齢になってもまだこの世界を味わいつくしていないという悔いが、すっかり艶を失った皮膚の下で骨を噛んでいるように見えた。

「きみはどう思うかね」

濃すぎるといってコーヒーを取り替えたあと、老人は椅子の背にそって背筋を伸ばしながら尋ねた。

「この屋敷を売れとうるさく言ってくる。こんな谷底のようなところではなく、海の見える明るい丘の上にでも、山荘風の家を建てなさいと言う。そのために北欧から木を取り寄せてやるという親切なやつもいる。にぎやかな盛り場の近くのマンションの最上階を全部買えばいいとも言う。せめてこの腐りかかった暗い館はぶっこわして、窓の広い現代風の家に建て替えろ、とうるさいのだ」

「荒尾ですか」

「あんなのはチンピラだ。大手の不動産会社が金は幾らでも出すと言ってくる。それより一番うるさいのは、このたか子だ」

「そうですよ。こんな気味の悪い家、わたしの友達もこわがって来たがりませんからね」

シェリー酒のあと葡萄酒を何杯も飲みながら少しも顔色の変わっていない若夫人は、平然と言い返した。

「でもパーティーとやらには、結構集まってるじゃないか」

「あの人たちは、わたしのために来るんですよ」

「いまはおまえの意見ではなく、牧君の考えを聞いてるんだ」

「ぼくはこのままのこの屋敷が好きです。いまの東京にこんな家がまだあったとは思いませんでした。古くて大きいというだけではありません。この屋敷には何かある。強くひきつけるものがあるんです」

「あなたは住んでるわけではありませんからね」

夫人が皮肉な調子で口をはさんだが、聞こえない振りをする。

「もともと家というのは、住むための箱ではない、とぼくは思っているんです。落ち着ける家というのはその人の心の構造に合っているのだし、どんなに立派で便利でも何となく落ち着かないというのは、異質だからでしょう」

私は一気にそう言ったが、自分がこの屋敷に対して感じている牽引と嫌悪との絡み合った強い感情の一部も言いあらわしていないと思った。本当のところは自分でもよくわからないのだ。そして自分でもわからない深く暗い何かが、確かにここにはある。

「この家が落ち着けるなんて、あなたも少しおかしいんじゃないの」

いっそう毒のある口調で、夫人が言った。

少女はスプーンでパパイヤの黒い大粒の種子を一粒ずつ丹念にすくい出していた。その単純な作業に熱中しているようでもないのに、それ以外の関心は横顔から全く読み取れない。ひやりと透明な霊気の層のようなものがその華奢な体のまわりを、静かに包んでいる。それはこの部屋の仄暗さだけでなく、屋敷全体の気配と不思議に調和している。

「おかしくないのはおまえだけというわけだ」

老人は声を立てないで笑った。

立ってみるとさすがに足許の危っかしい老人のあとから、私ものろのろと二階への階段を登った。階段の手すりの板が黒光りしているのも、熱心な家政婦が拭きこんだためではなく、老人の手が強く握ってこするからだろう。老人は中途の踊り場でひと息ついてから一段ずつ登る。そのためにひどく長い階段を登る気になる。

階段の途中の壁には、繊細な線描に淡く水彩を入れた風景画の小さな額が、幾枚かかけてあった。どれも細やかな感性の小品だったが、とくに一望の原野の中を細い一本の道が連なっていてその道の果てに大きな夕日の沈みかかっている絵に、強く心をひかれた。それだけの単純な絵なのに、細く長い一本道が、まわりの野と頭上の空の無限のひろがり、確実に訪れる夜の闇の深さをありありと感じさせる。そういう世界を歩き続けねばならない哀しみもこもっていた。

「とてもいい絵ですね」と呟くと「孫の描いた絵だ」と老人は答えた。日本にこんな大きな原野はない、とすればベトナムの風景だろう。

階段を登りきってから、さらに廊下を歩いた。老人は左脚を心もち曳きずるようにして歩く。膝のあたりの具合が悪いようだが、背中も腰もほとんど曲がっていない。痩せて背の高いせいもあるのだろうが、その後姿には、時間の波を越え出てしまったような一種気味悪いきびしさ、飄然とした孤独感がしみこんでいる。

やがてひときわ黒光りするひとつの扉を、老人は開けた。途端に、黴くさいような、乾ききった埃のような、薬品のような奇妙な臭いが鼻をつく。中に入ると、部屋の床、棚の中、本箱の上まで雑然と、動物の剝製、アルコール漬けの容器が置かれていた。ひと抱えもありそうなアンモナイトの化石が埃をかぶっている。肺魚、トカゲ、手長ザル、カブトガニ、幾つもの深海魚。見当がつくだけでもそんな生きものが、毛が抜けかけて、あるいは灰白色の肌をぬめりと光らせていた。棚の一番上からはハゲワシの剝製が見下ろしている。

そのほか私が名前を知らない動物、見たこともない生物の標本が、部屋じゅうに放り置かれていた。書物は多くはないが、皮表紙に金文字の部厚い全集が並んでいて、床に頁を開いたままの書物もある。

狭い部屋ではないのだが、そうして散らばった物の間に、大きな安楽椅子がふたつ、やっと場所をとっている感じだった。老人はそのひとつに坐るようにと手で示すと、自分ももう一方に倒れこむように体を沈めた。

「お疲れでしょう」と声をかけると、うなずいて軽く目を閉じた。それほど飲んだようには見えなかったが、シェリー酒も利いているようだった。

部屋の隅に書きもの机があって、その上にも書物や紙が乱雑に置いてあるから老人の書斎にはちがいないが、黒檀の机に白磁の壺でも置いてある高雅な書斎を漠然と想像していた私には意外だった。だがこの雑然さは、庭の樹や彫像、客間の祭具、置物の集め方と同じものだ。地域や時代や系統を全く無視した集め方。事実、部屋に散在している様々な形の生物の標本を眺めまわしていると、生物の変化と種類は偶然の所産であって、進化とか進歩といわれる方向性などはないような気になってくる。生命が実に様々な形態を試みてきた自由さ、あるいは考えられぬような形態まで生み出す生命自身の想像力の奔放さが、不気味なほど感じられてくるのだった。

老年というものは、生涯の様々な偶然の体験、見聞、知識のうち余分のものを削り落として、本当に自分に近く親しいものだけを選別して、自分の一生を次第に銀色の一本の線あるいは一筋の白光に収斂《しゅうれん》してゆくことだとばかり思っていた。実際そういうようにして、美しく枯れた老人を知らないわけではなかったが、この老人のやっていることはまさにその逆だ。彼は余分のものを狂ったようにかき集めて、一本の線を消そうとしている。老いとともに収斂するのでなく、時間を逆にさかのぼってひろがってゆく。誕生のときへ、さらにその奥の混沌へと後向きに進んでいるとしか言いようがない。

そう気付いて改めて老人の顔を窺ったが、老人は椅子の背に頭をもたせて静かに目を閉じ続けている。何を考えているのだろう。

天井からすり硝子の覆いをとおして、くすんだ光が老人の顔を照らしていた。薄くまばらになった髪、しみだらけの皮膚、落ちくぼんだ眼窩——そこには容赦なく通り過ぎていった時間の侵食が、川に削りとられた谷間の荒涼たる崖の肌のように痛ましい痕を刻みつけている。だが肉はしなびてても高く通った鼻梁、鋭く張った顎の線は、いまも戦い続けられている意志を証《あか》し立てているようだった。自然の時間の流れに逆らおうとする意志。

この老人から感じられるものと、あの少女が漂わせているものとが、どこかで通じている、という感じが心をかすめた。周囲と柔軟に通じ合おうとしない、あるいは通じ合えない硬質の芯のようなものが、このふたりにはある。そう思いながら眺めると、広い額、細く高い鼻梁の線が似ている……

「眠りこんだらしい。どのくらいこうやってたかね」

「五分ぐらいでしょう」

「それだけか。それにしてはいやにはっきりと夢をみたものだ。この頃は自分でも全然知らないうちに、すっと穴に落ちこんだように眠ってしまう。失礼した」

老人は背すじをのばして坐り直してから、低い声でしゃべり始めた。

「眠ったというのは覚めてからそう気がつくので、その間は意識も感覚も実にはっきりしている。目をさましているときより、もっとなまなましく物が見えるし感じることができる。夢を見るのに老眼は関係ないからな。いまも実にいい気分を味わっていた。至福といってよいような気分だ。洞窟寺院のようなところをわしは進んでいた。まわりの岩のくぼみのひとつに一個ずつ油の入った小皿が置いてあって、それが燃えている。ずい分長い間歩き続けた気がするが、一番奥が祭壇になっていて、ひときわ明るく火が燃えていた。その焰で祭壇の背後の岩に彫られた大きな浮彫りが、たえまなくゆらめいている。男神と女神が交わっているらしい。誰に教えられたのでもないのに、ここで万物が産み出されているのだ、とすぐにわかった。岩の壁が生きているようだった。実になまめかしくうごめいているのだ。いつのまにか洞窟のなか一杯に人たちが跪いていた。人間だけじゃなかった。いろんな獣や小さな動物、鳥や蛇までも集まっていた。魚まで宙を泳いでたな。その全部が祭壇に向かって礼拝し祝福しているんだ。よく見ると、岩の神は人間の形じゃなかった。口では言えん。あらゆる形を越えて奇怪なのだが、決して醜悪じゃない。その反対だ。あんなに神々しい形を見たことはない。異様で神々しいんだ」

そこで言葉を切って宙を眺めた。穏やかに晴れ晴れとした表情だ。

「うん、素晴らしい夢だった。この頃だんだん夢が深くなってきた。向こう側に近づいているらしい」

普通他人の夢の話を聞かされるほど味気ないものはないのに、この老人の夢は不思議にそうではなかった。同じ場所にいたためだろうか、私自身もぼんやりそんな場面を心の奥に見たような気がした。

静かだった。ここが東京のど真中とは信じられないような静寂だ。だがその静けさのすぐ奥に、いまにも部屋じゅうの鳥たちがはばたきし、サルが叫び出すような濃い気配がひしめいている。まわりで剝製の義眼がキラキラと光っている。何か不安で息苦しい。

そんな私を老人はしばらくじっと見つめてから「実は頼みがある」といきなり言った。「キリ子の家庭教師をしてくれないか」

「家庭教師ですって……ぼくはもう学校を出て五年以上になります。勉強なんて教えられませんよ」

驚いて私は答えたが、ぴたりと私の顔に向けられた老人の視線は動かなかった。

「西洋の十八世紀とか十九世紀に、詩人や哲学者が家庭教師をしただろう。ヘルダーリンとかルソーとか。そんなものだと思ってほしい。勉強そのものよりいわば感情教育だ」

「それだって、ぼくは詩人でも哲学者でもないし、感情教育なんて」

「じゃ聞くがね。あの子に感情教育が必要だときみは思わないか」

老人の目は次第にきびしさを取り戻し始めるようだった。

「思います。でもぼくがそれにふさわしいとは到底思えませんが」

「わしがきみこそふさわしいと見こんで頼んでるんだよ」

なお私は反対しようとしたが、老人は私が口を開く前に首を振ってみせた。

「きみがあげる反対の理由などみなわかってる。それにきみがあの子に関心のあることも。きみはあの子に似ている。きみはさっき家というものは心の構造だといったが、全然異質な人間がこの屋敷に興味をもつはずがない。率直に言ってあの子は正常とは言えない。だがあの子の異常さには何かがある。きみもそうだ、とわしは思っている。それを見出すのはきみたちだ」

聞きながら私は少しずつ体が震えてくるような気がした。私は父親を知らない。親類の伯父、叔父という者もなかったし、教室以外で親しく教えを受けた教師もない。会社でも上役や先輩に仕事以外の関係はなかった。つくろうとしなかったのだ。それがいま父親より祖父に近いような他人が、ぐいと私の中に踏みこんでくる。この屋敷に近づき始めたときから、この屋敷が私の運命に深くかかわるだろうと意識していたが、それがこれだったわけか。

キリ子というのは桐子と書くのだろうか、霧子だろうか、とそんなことが意識の表面を浮かんだり消えたりする。桐の花は薄紫だった気がするが確かではない。パーティーの部屋の隅で初めて出会ったときの少女の目、きょう改めて見た大きな目、遠い雪国の湖のように冷え冷えと澄んだ深い悲しみの色を思い浮かべている。だが意識して見返すと、その像はぼやけて、月光の下をさまよっていた彼女の幻影と重なり、その白い影は月光に乗って夜空に昇ってゆく。

「やってみます」

とだけ私は答えた。きっぱりと言ったつもりだったが、声が震えていた。

「それでいいんだ。きみ自身のためにも。迷うことはない」

老人の方は少しも震えない声で言った。

頭上からハゲワシがじっと見下ろしていた。

Ⅵ

昼過ぎてから雨は本降りになったようだ。

昼少し前に私が来たときは、まだ霧雨の程度だった。レインコートの襟を立てただけで、私は林の中の小道を歩いてきた。顔がうっすらと濡れたが、久し振りに雨の中を歩くのは快かった。少女の「家庭教師」を頼まれてから最初の日曜日である。

昼食のあとで食堂に隣合った居間に移ったときも、居間と床続きのサンルームの広いガラスに点々と付着した雨滴が、静かに膨らんでいる程度だった。夏の緑の輝きは褪せたがまだ落葉の始まっていない樹々が、しっとりと濡れているのが見えた。芭蕉の大きな葉が重く垂れ下がっていた。

天気のことなどを取りとめもなくしばらく話して老人と若夫人がそれぞれ自室に戻り、私と少女とふたりだけになった頃から、ガラスの雨滴ははっきりとすじを引き始めた。吹き降りではないのだが、サンルームは建物の壁面から庭にやや張り出した分だけ屋根もガラス張りになっていて（蔦の蔓はそこまで伸びてきているが）、そこから雨がじかにガラスの面に流れ落ちてくるのだった。

家族のそれぞれが自室に自分なりの生活をもっているためらしく、居間は画面の大きいテレビ・セットが目立つぐらいで、とくに変わった置物も飾りもない地味な部屋だ。少女は庭を背にして肘かけ椅子に腰かけていた。私は横の壁ぎわの長椅子に坐っていたので、私が体をあるいは顔だけでも少し斜めにすると、ちょうど少女の背後を雨が滴り落ちるように見える。

老人たちのいたときでも彼女は全く口を利かなかったし、ほとんど私の方を見なかったが、ふたりだけになるとちらりとも見返そうとしない。と言って俯いたまま手にもった何かを膝のうえでもぞもぞといじり続けている、というのではなかった。肘かけに両腕を自然にのせ、きょうは黒いスラックスをはいた両脚をきちんとそろえてのばして、前の方を見ている。彼女の前の方は壁と食堂への出入口しかないから、宙を見つめているだけなのか、あるいは何も見ていないのかもしれない。

初めての学習《レッスン》で、とくに緊張して固くなっているのでもなかった。たとえ一メートルしか離れてなくても、他人および自分の関心のない物とは一キロも隔ったような眼差、まるで透明な繭に入っているような感じは、最初パーティーの席で激しい反応を見せたとき以外、これまで私の見た彼女のままである。

私もとくに焦っても苛立ってもいない。たとえ相手が普通の女の子で私がちゃんとした家庭教師であったとしても、この年齢の女の子との最初のレッスンが、ぎごちないものになるのは当然だろう。まして私たちのこれは一体何のレッスンだろう、生きるということのレッスンか——と考えて私はひとりで笑いかける。いかに正しく、うまく、効率よく生きるか、というレッスンは幾らでもある。だがこれはそれよりはるか手前、一段も二段も下、生きるとは一体どういうことなのか、というレッスンである。この段階では、生きることの反対は死ではなく無だ。

「雨だね」

と私は言う。返事を期待してはいない。思いつく言葉を声にしてるだけだ。

「久し振りの雨はいい。さっき霧雨に濡れながら歩いてきたら、生き返るような気がした。何しろ生命は三十億年も水の中にいて、陸に上がってからまだ数億年しかたってないんだからね」

案の定、何の反応もない。少女は黒く細いスラックスの上に、真白な絹（上質の人工繊維かもしれない）のブラウス姿。腕の部分がゆったりして袖口でしまっている。少し地味かもしれないが、清楚でいい感じだ。雨水が絶えまなく滴り落ちるガラスが、どうしてかそんな少女によく似合う。

雨水の細流の間から林が見える。本格的に濡れた林はいっそう青黒くなまなましい。乾いた灰色の樹皮の入り組んだ凹みを曲がりくねって流れる水のすじを想像する。幾らでも水を吸い取れそうな厚い腐植土を考える。

「ぼくはビルが好きなんだよ。超高層ビルを下から眺め上げているとぞくぞくしてくる。どっしりとビルの並ぶ夜のビジネス街を、自分の靴音だけを聞きながら歩くのもいい。だけど森も好きなんだ。一体本当はどちらが好きなんだろう。いやどっちか一方だけでは駄目かもしれないな。そうだ、きみの名前、どんな字を書くの。キリの樹のキリかい、それとも雨風のキリかい」

「雨風のキリです」

全然聞いてないような態度だが、ちゃんと聞こえてるわけだ。

「霧子ね。とてもいい名前だと思うよ。この頃は全然というほど東京では霧を見ないけど、小さかった頃はよく見た気がする。山の手の方に住んでたんだけど、いまの季節だったな、小高く丘になったところによく霧が出て、一メートル先も見えなくなる。あたりじゅうのあらゆるものが、うっすらと影になって、そしてすっと消えてゆく。ぼくだけを残してね。そのうち自分までが白い影のような気分になって妙に浮き浮きしたのを覚えている。それに……」

私は急に甦った遠い記憶に興奮しながら、続けようとしたとき、少女がすっと言った。

「わたしは雨も霧も嫌いです。雨が降り始めるといつも、これでもうやまないのじゃないかと思うんです。わたしは方舟《はこぶね》を作れませんから」

私の方は全然見ない。声は実に澄んだいい声なのに、抑揚が乏しかった。もう何度も頭の中で考えたことを暗誦しているような口調だ。でも話し始めたというのは、いいことにちがいない。

「方舟といえば、この家はがっしりと四角くて窓が少なくてほんとうに方舟みたいだよ。おじいさんはノアみたいだし。おじいさんの部屋にはもういろんな動物たちが集められてる、剝製だけど」

「おじいさんは夜中にあの部屋で、両手をばたばた動かして鳥のまねをするんです。わたしドアの鍵穴から見たことがあります」

深夜に剝製の鳥に囲まれて鳥の真似をする老人とそれを鍵穴から覗く少女という光景は、気味のいいものではない。

「鍵穴から他人の部屋を覗くのは悪いことだよ」

「知っています。でもあの人たちだって毎晩、わたしの部屋を鍵穴から覗いてる」

「誰のことだい、その人たちは」

初めて彼女はちらりと私の顔を見た。真剣な目付だが、大きく見張った目の中に怯えの色が現われ始めている。

「教えてくれないかな」

できるだけ親しみをこめて尋ねたのだが、彼女はきっぱりと言った。

「教えられないんです」

そして再び前に向き直ると、固く口を閉じてしまった。それから何を話しかけても、彼女はもう答えようとしなかった。彼女の細い体のまわりで、また透明な繭の感じが濃くなった。いっそう激しくなった雨の流れもそこだけ避けて落ちるようだ。

目に見えて疲れの色が、少女の表情にも姿勢にもにじみ出てきた。頬の肉がひくひくと震えて、強く奥歯を噛んでいるらしい。きょうはこれくらいだろう。

「いろいろ話できて楽しかった。ぼくはきみと友達になりたいんだよ」

私はソファーから立ち上がりながら言った。

少女も椅子を立ったが、その動作がぎくしゃくと人形のように不自然だ。

「あの人たちに頼まれたんでしょう。お金は幾らでも出すからって」

いまにも泣き出しそうに張りつめた表情で、一気にそう言った。

「いや、おじいさんから頼まれたんだが、ぼく自身もきみと仲良くなりたいと思ってるよ。また来るけど、きみの部屋を見せてくれないかな」

返事もしないでいきなり少女は走るようにして居間を出て行ってしまった。私はぼんやりと立っていた。全然話もできないかもしれないと思っていたので失望はしていなかったけれども、希望も持てそうにない。私自身も急に深い疲れを覚えた。

サンルームのガラスを雨はあとからあとから、刻々とすじを変えながら流れ落ちてゆく。


ひとり取り残されて、しばらく居間の隅に坐っていた。上から流れ伝ってくる雨水が絶えまなくガラスの全面を洗い流して、もう庭も林も見えなかった。庇のように張り出したサンルームのガラス屋根にじかに叩きつける甲高い雨音の奥で、館全体の壁を覆う蔦の葉が雨脚に打ち震える戦《おのの》きが、ざわざわと暗く鳴りひろがっていた。

そのざわめきが心の中にまで伝わってくる。まだそんな時間ではないはずなのに、あたりがずんずん薄暗くなってゆく。あたりじゅうから陰鬱な気分がにじみ出てきて沈みこんでくる。まるで彼女がその不安の一部を、ここに残して行きでもしたように。

雨の音は一向に衰えない。それに比べて館の内側は気味悪いほど静まり返っていた。何の物音も聞こえてこない。激しい雨に閉じこめられた分だけ、内側に何かが濃くこもっている気配だ。ねっとりと絡みついてくるようなもの。よどんでくる湿気。古い屋敷特有の瘴気。家全体に貼りついている無数の蔦の吸盤からの分泌液。

そんな感触が息苦しいほど濃くなって、そしてふっと若夫人の掌の記憶が皮膚に甦った。きょうの昼食のときも隣席の彼女は、床に落としたナプキンを拾うために上体を傾けたとき、食事を終えて椅子から立ち上がるとき、粉チーズの缶を取るために腕を伸ばすときでさえ、自分の体の一部が私に触れるようにし、あるいは濃すぎる香水のにおいが私の鼻をかすめるようにした。ナプキンもわざと落としたようだった。

帰るふりをして玄関の方に行き、そのまま素通りして廊下を反対側に辿ってゆけば、あの女の部屋、仮面に囲まれた部屋に行きつける。恐らく扉に鍵はかかっていない。テラスに出る戸もカーテンも締まっているはずだ。ソファーに薄地のガウンだけで横になっている。この前の夜は、いきなりだったので不様に怯えてしまったけれど、そのままあの上に倒れこめばいいのだ。女は目を閉じたまま腕をのばしてくる。蛭のような唇、吸盤のような掌。「ねえ、あんな子のどこがいいの。まだほんの子供じゃないの」と顔をすり寄せて女は言う。「でもあの子のおかげで、こうして逢えるんだわねえ、わたしたち」

雨の音の奥の蔦のざわめきが放恣な想像を誘い、館の奥にこもった静寂がどんな放恣の想像も吸いこむ。もしあの女がいなければ、最初にあの女に会っていなければ、私はこんなにこの館にかかわることになっただろうか。「家庭教師」を引き受けたときも、無意識のうちにそのことを考えていたかもしれないのだ。

大きくゆっくりと息を吐き出して、私はソファーを立った。食堂との出入りはカマボコ型に壁をくり抜いてあるだけでドアはない。食堂は居間よりさらに薄暗い。その暗さが洞穴の入口のように見える。そこに誘いこまれるように、自然と足音を忍ばせて入ってゆく。

食卓はきれいに片付けられて、暗い鏡のように光っていた。大きな食器戸棚の中には、様々な形のグラス、様々な模様の皿が並んでいる。部屋の中央に置かれた細長い食卓の端をそっとまわって廊下に出るドアの方に歩きかけたとき、それまで食卓の蔭になっていた床の上に、家政婦が坐りこんでいるのが見えた。まわりにずらりとグラスが並んでいる。家政婦は白布を手に、一個ずつ熱心にグラスを磨いているのだった。

息をのんで立ちどまった。家政婦の方は手にしたグラスの方に屈みこんでいて気づかない。いまさら足音をたてるのも咳をするのも滑稽だった。黙って通り過ぎてもドアを開ければ必ず気がつくだろう。どうしようもなく立ち止まったまま、家政婦を見下ろしていた。

家政婦の方は全くひと目を気にしていないようだった。べったりと床に大きな腰をおろして、両足を前に投げ出した格好である。そうして気楽に重心を下げていると、肉付のいい体は余計どっしりと見えた。グラスを一個ずつ手にとっては念入りに磨く。手の動きにつれて豊かな肩から首にかけての肉が揺れる。単純な動作だが、その動きには外の雨の絶え間ない単調なひびきに通じる何か大きなリズムが感じられた。

眺めているうちに、私の中で放恣にたかぶっていた気分も、少しずつ鎮まるようだった。汚れが完全に落ちたかどうかよく見ようとして、家政婦は手にもったグラスを宙にさし上げた。私に気がついた。だが驚いた様子はなかった。

「お帰りですか」

と落ち着いた声で尋ねた。

私がうなずくと、「お夕飯の用意をしておきましたけど」と言う。

あいまいな気持のまま、私は食卓の椅子を引き出して腰かけた。彼女はまたグラスを拭き始める。さすがに投げ出した足はそっと折り曲げて、横坐りの姿勢に戻った。何か言わなければ。

「この家にどのくらいになりますか」

「もう二十年近いですねえ」

うつむいたまま彼女は気楽に答える。

「わたしの亭主がご主人の車を運転してたんですよ。それが急に亡くなりまして、そのあとわたしがここに住みこむことになったんです」

「では霧子さんが生まれる前からですね」

「そうですよ」

「霧子さんのお父さんはどんな人でした」

「いい方でしたよ。そうですねえ。ちょっと感じがあなたに似てましたね。でもあんなことになってしまって。何しろ手がかりが何もなかったっていいますからねえ。向こう側に行く、という言い置きだけで」

私は驚いて聞き返した。

「何のことです」

「わたしは全然知りませんよ。皆さんがここであの頃、何度もそうおっしゃってたのが自然に耳に残っただけですから。それより暗くなりましたね。明りをつけましょうか」

「いえ、ぼくは結構です。この方が落ち着きますから」

自然の薄明りの中でまるで地面にじかに坐りこんだような彼女と、とりとめもなく天気の話とか私の母の話とかを続けながら、私は気持を取り戻したようだった。この屋敷の他の住人たちについては、私も尋ねなかったし彼女も触れなかったが、こんな陰々たる屋敷の中で、こういう穏やかな時間を持てたことに私は驚いた。

雨がいつのまにか小降りになっていた。


教えられた飲み屋はすぐに見つかった。屋敷町を抜け出て国電の駅に向かう大通りの道路沿いである。昼間は結構車も人も行交っている通りなのに、タクシーが時折飛ばして過ぎるだけで、人影はほとんど見えない。両側の建物、ショーウインドーの明りも消えているので、荒尾が教えてくれた大提灯はすぐ目についた。

大提灯には田舎料理と太い筆の字で書かれている。桟の太い表障子をあけると、土間に荒削りの木のテーブルが四つ五つ並んでいたが、客は隅の方に坐った荒尾のほか、学生風の若者がふたり向かいあっているだけだった。壁には民芸風の道具や人形が薄黒くすすけてやたらにぶら下がっている。

荒尾はもうかなり飲んでいるようだった。浅黒い顔に酔いがまわって赤黒く光っていた。私が向かいの椅子に坐ると、テーブルの端に両肘を置いて、私の顔を近々と眺めながら薄笑いを浮かべた。

「先生、授業の進みぶりはいかがですかね」

会社から真直に屋敷にかけつけて玄関の前で、ちょうど出てきた荒尾とばったり顔を合わせたのだった。別に彼に気兼ねすることもないはずなのに、孫娘の家庭教師を頼まれてしまってね、と自分から言ってしまった。すると荒尾はニヤリと笑って「あとで一献差し上げたい」と妙に丁寧にここの店を早口に教えたのだった。

「よくないね」と私も苦笑する。

荒尾は手をあげて、酒と小料理を注文した。

「普通の子供だっていまどき勉強は大変なのに、あんな子ではね。先生も楽じゃないよな」

「勉強なんかしてないよ。ただ話をするだけなんだが、話をするだけで難しいんだ。初めはこちらの顔を全然見ようともしない。話しかけても答えもしなかった。それがきょうで四度目だったか、五度目だったかな、少しぽつりぽつりと話すようになった。妙なことになったものさ」

「お前さんが物好きなんだよ。おれだったら、若夫人のお相手なら毎日でもよろこんでするけど、子供の相手なんて」

荒尾は指をつっこんで歯をほじくる。前歯の裏がヤニで真黒になっている。

「かわいい女の子ではあるがね。そのうち美人になるさ。おれの好きなタイプじゃないが。おれの好きなのは」

とそこに皿を運んできた店の女の腰にさわろうとして、軽くかわされた。

荒尾は私の方に片目をつぶってみせた。私はその粘りつくような視線をはずして、女のさし出す徳利の酒を受ける。続いて荒尾が徳利を取ってついだ。

「なあ、おいぼれに会っただろ。まだくたばりそうにないか」

「かなり年寄だが、しっかりしてる」

「気だけで持ってるんだ。孫娘のことが心配でね。何しろあのおいぼれがイヤがる息子を無理に官吏になんかさせたから、蒸発さ、ジャングルに蒸発だ。それで孫娘がおかしくなった。気がとがめるわけよ」

会社に訪ねてきたときはおどおどした男が、いまはすっかり自分の世界だ。

「だからあんたが孫娘をうまくまともにしてくれたら、老人も安心して成仏さ。頼みますよ、先生」

話しながら荒尾は次第に顔を近づけてくる。脂の浮いた平べったく赤黒い大きな顔。息がくさい。

「先生、先生はやめてくれ。ぼくはあのかわいそうな子の心を少しでも開いてやれればと思ってるだけだ」

途端に荒尾はぐいと顔を起こして声を高めた。

「本当にそうですかね。あんただって助平根性たっぷりさ。わたしと全然別人種のようなお上品な口をきくけど、忘れなさんな。あんたもわたしも同じ妙な家に興味をもった兄弟のようなものだ、ということをね。だがまだ乳離れがちゃんと出来てないから、おとなの女はこわくて、人形のような女の子と遊んでた方が気が楽というだけじゃないか」

手にした盃を宙でとめたまま、私も相手の顔をにらみ返した。一瞬互いの目の奥を覗きこむように顔を近づけたが、荒尾の片頬に薄笑いが浮かび、口もとがゆるみ、そして含み笑いが声を立てた笑い声になった。私もつられて笑い出した。なぜ笑い出したのかはわからないが、すっと膜が一枚剝げ落ちたような気分を覚えた。

店は相変わらず客がなくて、剝き出しの土間が冷え冷えと広い。女は手持ぶさたに空いたテーブルのひとつに坐って、煙草の煙を宙に吹き上げていた。

「あの女、あんたの女かい」

とわざと乱暴な口調で聞いた。狐のような顔をした中年近い顔色の悪い女だ。

「まあね」

荒尾はそんな私の態度を、皮肉とも親しみともつかぬ薄笑いを浮かべて眺めている。

何か薄汚くてみじめな酸っぱいにおいがする。和紙を貼った格子戸に、外の赤い大提灯の揺れているのが、ぼんやりとうつっている。風が出てきたのかもしれない。夜になると風が冷え始めている。この男と初めて出会った頃は、日中まだ汗ばむようだったのに。この男にだんだん引きずられてゆく、と思った。

「ところでひとつ聞きたいことがあるんだが。行方不明になった息子が言い残していったという向こう側とは何のことだい」

「そんなこともわかんないのか。少し考えればわかることじゃないか。あの息子はサイゴンの大使館にいたんだから、サイゴンから見て向こう側は、敵側以外の何があるんだ。ベトコンのことじゃないか」

「では共産側に逃げたのか」

「わかんねえんだな。あの頃、いろんな裏交渉があったんだ。事前に連絡をつけて、向こうさんの偉い人に会いにゆくわけさ」

「でも帰ってこなかったんだろ」

「それは戦争だ、手違いもあろうさ」

「よくわからない」

「おれだって知らないさ。世の中にはあんたのわからないことも一杯あるってことよ。学校では教えてくれなかったことがね」

荒尾の言い方は絡みつくようだったが、それほど気にならなかった。結局よくはわからないが、どこかに消えていったというその人物に、ふっと身近な感じを覚えかけた。若夫人も家政婦もその人物が私に似ていたという……

「何をぼんやりしてるんだ。もっと飲めよ。ここはおれの女の店なんだぜ」

聞こえたのか聞こえなかったのか、女は知らん顔をしている。「酒だ」と荒尾がどなると、やっと女は大儀そうに立ち上がって奥に入った。女の坐っていたテーブルの灰皿から、置いていった煙草の煙が細くすじを引いて、すすけた天井にのぼってゆく。

戸が風に鳴って音をたて始めた。風の吹き過ぎてゆく暗いからっぽの大通りを思い浮かべて、急に荒涼と薄寒い思いがした。

林の中を抜けると、玄関の屋根を支える乳白色の石の柱によりかかって、霧子が立っているのが見えた。よく晴れた土曜の午後だが、夕暮が近づくとさすがに風がひやりとする。霧子はレインコートの襟を立てて、両手をポケットに入れていた。肩をすぼめているのではないが、両腕を体につけているため、肉の薄い体が余計ほっそりと頼りなく見える。

すでに斜めになった日ざしは地面を離れて、石の柱の上の方を照らしているだけだった。蓮華を図案化した柱頭の装飾が繊細な影をつくり、丸い柱の表面に入っている縦の浅いすじが見事に浮き出している。明らかに私が見える距離まで近づいても、霧子は顔も動かさない。白っぽいベージュ色のレインコート姿の動かない彼女の体は、柱に寄りそった彫像のようだった。夕暮の気配が足許に漂い始めている。

そんな霧子の姿を美しいと思った。私はわざとゆっくりと近づきながら、そんな彼女だから、これまで知り合ったどんな女にも感じなかった親しさを覚えるのだろうとも考えた。これが私を認めた途端に、手を上げて駆け寄ってくるようだったら、私はこんなに魅せられることは決してないだろう。

玄関前の砂利をゆっくりと踏んで、それから低い石の段の途中に立ちどまって霧子を見上げた。確かに私を見ているのに表情は変わらない。最近は時折微笑を見せることもあるのだが、きょうは自分の中にひきこもり過ぎているのか、何かの考えに捉われているようだった。わずかに片手をポケットから出して、指先で額にかかった髪を分けた。

「やあ」と私はわざと気軽く声をかけた。「どこか出かけるの、それとも帰ってきたところ？」

少女はわずかに首を振った。ぎごちない首の動きだ。懸命に気を張っている気配がある。

「待ってたんです」

そう言ってひと息入れてから、一気に言った。

「お部屋を見せてあげようと思って」

部屋を見せてくれないか、とは雨の日曜日に最初にふたりで話をしたときに一度頼んだきりで、その後は全然そのことに触れていない。だが彼女はずっと考えてきたらしい。

「無理にでなくていいんだ」

「お見せすることに、霧子は決めたんです」

いつ頃からか気がついたのだが、彼女は自分のことをしばしば三人称で話す。わたしとかあなたという一、二人称をたまに使うときひどく苦しげな表情になる。

「では見せてもらうよ」

霧子は石の柱から上体を離した。玄関の扉の方に行くのかと思ったら、そのまま真直に進んできて、私の横をすり抜けるように石段を降り、それから館のまわりを壁に沿って歩き始めた。

両手はポケットに入れたままだ。

二度四角い館の角を曲がって、ちょうど玄関と反対の裏側に出た。勝手口らしいドアがあった。そのわきに非常階段風の簡単な作りの鉄の階段が、壁を斜めにじぐざぐに折れ曲がってついている。私が裏側に出たとき、彼女はその階段を、とんとんと小刻みに靴音をたてながら登り始めていた。この館は二階と屋根裏部屋だけだが、部屋の天井が高いので、普通の四階建てほどの高さがある。

階段には手すりにも鉄の踏み板にも、蔦の蔓が伸びてきていて登りにくいのに、霧子は軽々と登っていって、急に姿が消えた。私はゆっくりと登った。登るにつれて館を取り巻く林が目の高さまで盛り上がり、それから目の下にひろがった。下を通り抜けるときは気付かなかったが、もうところどころかなり黄葉している。そこに斜めの日が当ってきらめいている。

二階分を登りきったところで階段はなくなって、そこから内側に、最上階の斜めの屋根を切りこんで通路になっていた。通路の奥の鉄の扉を開けたところが屋根裏部屋で、そこが霧子の部屋だった。屋根裏部屋のあることは下から眺めてわかっていたが、家政婦が使っているのだろうと思っていたのだ。

驚いたのはそれだけでなく、鉄の扉の内側の通路に待っていた彼女が黙って開いた木のドアの内側の部屋は、全く少女の部屋らしくなかった。両側に斜めに分かれている屋根の傾斜がそのまま天井になっている。端の方は腰を屈めないと歩けない。床は荒削りの板が剝き出しで、ひとつだけの両開きの窓のそばに置いてあるごく普通の机の下と、隅のベッドの下だけ、厚い絨毯がしいてあった。洋服簞笥の大きいのがわずかに女性の部屋らしく、他には何も、それこそ何ひとつとして、少女らしい物も飾りもないのだ。

霧子は一脚だけしかない机の椅子を部屋の真中に置いて、自分はベッドの端に腰をおろした。薄い肩がせわしなく上下している。

私はこの年頃の少女の部屋というものを見たことがなかったから（大学時代に同級生の女の子の部屋に入ったことはあったが）漠然と動物の縫いぐるみとか、ピンクの笠の電気スタンドとか、歌手のブロマイドとか、ピアノはなくても小型のステレオ装置といったような物を、想像していたのだった。私の部屋でもきれいなカラー印刷のカレンダーや複製画の二、三枚は貼ってあるし、思い出したように花瓶に花をさすことだってある。

貧しいわけではないとすれば、これがこの少女の世界なのだ、と思わないわけにはゆかない。もしかすると、ここには何もないのではなくて、彼女の心にだけ見える様々なもの——美しいものかもしれないし、恐ろしく奇怪なものかもしれぬそういう物で充満しているのかもしれない。

「いい部屋だよ」と私は彼女の出してくれた椅子に腰かけながら言った。

「とても落ち着ける。ぼくもきみぐらいの年のとき、こんな部屋に住みたいと思った。自分だけの独立した部屋に」

「眺めがいいんです」と彼女は急にベッドから立って窓際に歩み寄った。

「庭が見えるし街が見えるし空が見えます。星も月も雲も風も虹だって見えるんです」

私も窓際に行った。街といってもこの屋敷町の新しいマンションやビルが見えるにすぎなかったけれど、目の下の林は素晴らしかった。ところどころ木が疎《まばら》になって彫像の立っているのもわかる。何よりも空が大きかった。

「ちょっと待ってて」

そう言って、彼女は両側に押し開かれてあったガラス窓を閉じた。それからベッドに戻って坐った。私も椅子に戻った。何を待つのかわからない。だが彼女は部屋を見せるためだけに、私を誘ったのではないらしい。少女は日頃透きとおるように青白い顔の頰のあたりを幾らか紅潮させ、緊張して首を起こしている。余り緊張させるとよくないのだ、とは思いながら、私のなかでも好奇心がつのってくるのだった。

「絵はもう描かないのかい、階段のところできみの絵を見たよ」

「あれは小学校のときに描いたんです」と少女は素気なく答えた。

「荒野に道が一本縦に走っている絵がとてもいいと思った」

「あれは父を探しに行ったとき見た景色なんです。あの道の手前まで、わたしたちは行きました。父はあの道を歩いて行ったんです」

窓を開けていた間に入ってきたらしい蠅が一匹、部屋の中を飛びまわっている。その羽の音が大きく聞こえた。

「窓を見て」

と急に少女が叫んだ。うしろを振り返ると、夕日の光がちょうどガラスに当り始めていた。紅に金を混ぜた強烈な色彩が、広い窓ガラスの端から、みるまにひろがって、やがてガラス一面が深紅に染まった。そしてステインドグラスをとおしたように、赤く黄色くかすかに黒色を含んだ色彩が、天井から床、ベッド、私たちまで染め上げた。

「これを見せたかったの」

それは豪奢でそして深い憂愁を秘めた色と光だった。部屋の内部の貧しさなど忘れて、私は驚き感動した。彼女も大きな目をさらに見開いて見つめている。その目の中まで紅に染まって、眸がキラキラと輝いた。いつもは彼女の内側に押し隠されている光が一挙に燃え出したように。真紅のきらめきの中で、少女と部屋と空が一体になって輝いた。

「あの道を父は歩いて行った、と案内の人が教えてくれたの。それから先は敵側で行けないの。私たちはただその場所に立って眺めているしかなかった。すると夕日が、いままで見たこともないほどひどく大きくて真赤な日がちょうど道の向こうに沈み始めたの。その時霧子はわかったのよ。この道の向こうには何かがある、口では言えないような何かがあって、おとうさんはそこに行ったのだってことが」

全く別人のように生き生きと弾んだ声で彼女は、恍惚としゃべった。胸の前で組んだ両手が震えていた。

「霧子はいまこわくない、ちっともこわくないわ」

だが夕日の光はほんの数えるほどの間だけで、すっと見えない巨大な黒い手がかき消したように、窓から消えた。部屋も元に戻った。そして少女の目の中からも光は消えた。

細い体が小刻みに震え始めた。体の両側に垂らした両腕、両脚が硬直するように突っ張っている。いまにも発作を起こしそうだった。私もはっとして我にかえった。パーティーの部屋で初めて顔を合わせたときと同じような症状だった。あのときは家政婦が駆けつけてくれたけれど、いまこの屋根裏部屋に誰も来てはくれない。見てはならないものを見せられるような強い不安を覚えた。

血の気のなくなった少女の唇が震えている。

「寒い、寒い、寒い」と繰り返しているのだった。

「氷河が来るのよ。地球が冷えるのよ。霧子は氷の柱になる。何も彼も氷ってる。氷の針が飛んでくる」

両手で目を覆ってベッドに俯伏せに倒れこむ。

晴れた日に夕日が射しこむ度に、そしてそのあとにいつもこうなのだろうか。もしそうだとすれば、そのあとに食堂に降りてきても口を利けないのは当り前ではないか。そんなことを切れ切れに考えたが、どうすることもできない。私はベッドの傍におろおろと立っているだけだ。いきなり抱きしめたいほどかわいそうなのに、何か得体《えたい》の知れぬものにじかに触れるように怖ろしい。

夕闇がひたひたと部屋の中に沈みこんでくる。床の板の目が消え、机の脚が溶け、ベッドが死体のような少女の俯伏せの体を乗せたまま薄闇に漂い始める。

電灯のスイッチはどこにあるのだろう。私は壁を手探りに探し始めた。

Ⅶ

食堂で家族と一緒に食事をするときの霧子は変わらない。自分から口をきくことはないし、話しかけられても答えないことが多い。かたくなに口を閉ざしている、というのではなく、いぜんとして聞いていないか、聞こえているとしても、自分のこととは思っていないような態度だ。いや、もっと悪いかもしれない。自分のことだとわかっても、その自分に関心がないのではないか、とさえ思われることがある。

私などは、食事の途中でテーブルの端に肘をついてるのに気づいて、はっとして上体を起こすことがよくあるのだが、霧子はいつも自然に背すじを伸ばしていて、実に物静かに箸を使う。スプーンを運ぶ。かたくなな気配やいじけた印象は全くないのだが、「この頃は、学校に行ってるのか」と、老人が明らかに彼女に向かって尋ねても、視線を返しもしなかった。

「行ってらっしゃいます」

と代って家政婦が答える。

「ふん、それはいいことだ」

と私の方にうなずいてみせてから、老人は肉の料理を熱心に嚙み始める。

自然に若夫人だけがひとりでしゃべるということになるのだが、たいてい広すぎる屋敷の不満になる。

「庭番のおじいさんが神経痛で動けなくなったそうですよ。いままでだって木の手入れはろくにしてくれなかったけど、芝生と花壇ぐらいはいじってくれましたからね。来年からはもう何もかも伸び放題だわ。暖房だってこんな古めかしいスチームを使ってるところなんか、東京じゅう探したって十箇所もないんじゃないかしら。あちこちで蒸気が洩れてるようだし、地下室のぼろボイラーがいつ爆発するか、気が気じゃないわ」

そう言われて、さっきから部屋の隅の方から聞こえていた、咽喉に痰がつまったようなぜいぜいという妙な音が、パイプがつまりかかったスチームの音だとわかる。蛇腹のような鉄製の放熱装置に塗られた銀色の塗料が、剝げかけている。

庭の樹も黄葉し始めたと思っているうちに、来る度に落葉して、すっかり疎になった。熱帯樹の広い葉は縁の方から緑が褪せて乾き出していた。落葉の貼りついた彫像たちの肌が、寒々とあらわだ。あんなにびっしりと建物を覆いつくしていた蔦の葉も日毎に黄ばんで枯れ散って、むき出しになった無数の蔓の絡まりが、いつだったか写真で見た記憶のある血管人間——肉も皮膚もない骸骨に全身の血管だけが（多分乾ききって）網のように絡まりついている——を思い出させるのだった。

誰も反論もしなければ相槌も打たないままに、古屋敷を呪う若夫人の声がいよいよ甲高くなると、老人は両手にナイフとフォークを握ったまま、おもむろに顔を上げて言うのである。

「そんなにここがいやなら、いつ出て行ってもいいんだよ」

その殊更引きのばしたような抑揚のない口調に、若夫人の顔はみるみる紅潮し、それからすっと血の気が引くと、手にしたフォークを音をたててテーブルに置いて言い返す。

「わたしがどうしてここを出てゆくんですか？　わたしはれっきとしたこの家の嫁ですから

ね」

「おまえの腹の中などすっかりわかってるわい」

「追い出せるものなら、どうぞやってごらんになったら」

私が同席する回数がふえて、私を客として意識することが薄くなるにつれて、もっとひどいやりとりが交されることもあった。老人は屋敷にけちをつけられることを自分の悪口を言われたように怒ったし、若夫人の方は遺産をねらって居坐っているとほのめかされると、われを忘れて興奮するのだった。

その度に私は居たたまれぬ思いで霧子の方を窺うのだが、彼女は箸の動きを止めることさえなく、黙々と食事を続けている。

だが私とふたりの時の霧子は、少しずつ変わってきた。

彼女の方から自分の部屋を見せてくれたあの夕方のあとから、私たちは、食堂の隣の居間ではなく、彼女の部屋に行くようになった。灯の薄暗い階段を登ってゆくのである。居間の方も、普通の家の居間に比べると、生活のにおいのしみこんだ家具らしい家具も家庭的雰囲気もなかったが、屋根裏部屋はいっそう荒涼たるものだった。だがそこで霧子は、食堂での彼女とは別人のように、時には自分からも話をするようになった。

たいてい彼女は、壁際に置かれたベッドの上に、スラックスをはいた両脚の膝を両手で抱えるようにして坐りこみ、壁に背中をもたせかける。私は机の前の彼女の椅子に腰掛ける。明りは机のスタンドの灯だけだ。部屋には何の飾りもない。私の影は、机のまわりにだけ敷かれた絨毯から、剝き出しの板の床の上にぼんやりとひろがる。彼女の影は、背後の壁にくっきりとうつる。幸いスチームがここまでひかれていて、錆びついたパイプは喘ぎながらだが、部屋を暖めてくれていた。

「いつからこの部屋に住んでるの」

「四年前、中学にあがった時から」

「下に幾らでもいい部屋があるのに、よくこんなところを許してくれたもんだな」

「本当は地下室に住みたいって言い張ったんです。地下室はどうしても駄目だ、と言うので、ではここでもいい、と言ったら仕方なく許してくれたわ、おじいさんが。母はいまでも恥ずかしいと怒ってるわよ」

それ以上尋問調になると、彼女は急に貝がふたを閉じたように口を閉ざしてしまう。口だけでなく心までも。目から光が消えて、完全に内側に閉じこもってしまうのだ。

それでなくても、彼女は話しながら私の方を決して見ない。それに、牧さん、先生、あなたなど、私という相手を意味する言葉も決して使わない。ということに気付いたのも、私自身、子供のころ似たような経験があったからだった。学校ではそうではなかったが、母の友達の家とか、親類の家に、ごくたまに母と一緒に行くことがあって、そこに自分と同じぐらいの子供たちがいると、結構一緒に遊ぶのだが、相手の名前がどうしても呼べない。あなたとかきみという言葉も出てこないのだった。無理に使おうとすると、咽喉がつまるように息苦しくなった。

高校、大学に進んでからは、名前についてはそういうことはなくなったけれども、友達の家で友達の姉や妹などをまじえてトランプなどをしている最中に、何のきっかけらしいものもなく、急にゲームへの興味がすっと消えて、勝負だけでなく一緒にいる人たちとの関係まで、みるみる不意の砂嵐にまきこまれたようにかすんで見えなくなる、というようなことが幾度もあった。表向きは懸命に平静を装い続けるのだが、心がどんどん冷えて石のようになってゆく。日頃仲のいい数人の友達と、二泊ほどの小旅行に出たときも、急に同じような状態が起こって、顔を見合わせることも口をきくことも、脂汗がにじみ続けるような苦痛だったことがある。そのためその旅行でどんなところに泊ってどんなところを歩いたか、ほとんど記憶に残っていない。

ほの暗い屋根裏部屋に、壁にもたれて自分の膝を抱いた霧子と、地虫の鳴くようなスチームの音、あるいは木枯しが窓枠をゆする音を聞きながら坐りこんでいると、そんな自分だけの苦しみ——どんな親しい友人にも話したことのないばかりか、自分自身さえよく理解できなかった苦痛の記憶が改めて甦ってきて、この目ばかり大きい痩せた少女への近しい感情が、いっそう強まるのだった。

夜が深まると風が急に強まってきた。吹きちぎられた蔦の残り葉が、窓ガラスにぶつかって鳴った。真四角な建物の角をかすめ過ぎる風は、ひょうひょうとうなりをあげた。

「庭の木が悲鳴をあげて叫んでいるわ」と霧子が言った。

「このくらいの風で木は倒れはしないよ」

「わたしの代りに叫んでいるのよ」

「何て叫んでいるんだ」

「恐ろしいことが来る。これは警告だって」

「どんな?」

「言えないわ。言えないわ」

膝を抱えていた両手をしっかりと両耳にあてて、霧子は震えながらそう繰り返した。

風はひとしきり荒れてから、途絶えた。

「これは向こう側からの警告なのよ」

風の合間にふっと霧子が呟いた。

「何だって?」

私は驚いて聞き返した。

「そう、本当は言ってはいけないの」

「いけないんだったら言わなくていいよ。でもきみのお父さんも向こう側に行く、と言っていなくなったんだろ」

耳から離した両手でまた立てた膝を抱えこみながら、霧子は外の階段に通じるドアの方を見つめた。

「そうよ。父は呼ばれて行ってしまったのよ」

「前にほらここで夕日を眺めた日に、きみはお父さんが夕日の中に歩いて行ったんだ、と言ったじゃないか」

「そうよ。自分で歩いて行ったのよ。でも呼ばれたんだわ」

また風が荒れ始めて窓が鳴った。私も実は風が嫌いだ。少々の地震より風の方が恐ろしい。高い鉄塔やビルの屋上の大きな広告板や遊園地の大観覧車などを見かけると、これで風に耐えられるのだろうか、という不安に胸が締めつけられるようになることがある。いまも頭ではそんなことは絶対にありえないとわかっていながら、方舟のようなこの建物までゆらゆらと揺れ始めるような気分に襲われるのだった。揺れるのが嫌いなのだ。だから海が嫌いで船が嫌いだ。

ふたりとも身を固くして坐りこんでいる。

やがて風が弱まってくると、霧子が大きく肩で息をついてから言った。

「みんな知らないんです。おとうさんがどこに行ったのか。みんなわかってないんです。母だっておじいさんだって。一緒にあれを見たのに」

「何を見たんだ」

「あの広い広い平野、頭の上からぎらぎらと照りつける太陽、影もない光です。どちらを向いても山はありませんでした。ぐるりと真直な地平線だけです。そこへ白く乾いた一本の長い長い道が……」

「その真直な道が……」

「ちがうったら」

と少女は苛立った。大きな目がいっそう見開かれ、スタンドの明りの輪の外の闇を懸命に見つめて妖しく光った。

「あそこは入口です。あの道を通ってゆくんです」

「その道の向こうはどんなところなんだろう」

私は椅子に坐り直した。次第に真剣になり始めていた。風の音に私自身本気に不安になりかけてもいたし、瘦せっぽちの少女の体全体がいつのまにか、不思議な威厳のようなものを帯びてくるように思えたからでもあった。一度も実際に見たことはなかったが、巫女《みこ》というのはこういう女なのではないか、とも感じた。

少女は憑《つ》かれたようにはげしく呼吸していた。壁から背を起こしていたが、膝は抱いたままだ。

だがしゃべり始めると、少女の表情からも声からも熱にうかされたような調子が消えて、まるで眼前にそれを見ているような冷やかな口調になった。

「からっぽで明るいだけなんです。影もありません。何ひとつ動くものも暖いものもないのです。すべてが光にさらされて剝き出しです。氷りついています。いえ、一分の狂いも隙もない鉱物の結晶です。息づまるように静かです。いまにも何か恐ろしいことが起こりそうで、何ひとつ起こらない。ガラスの中に封じこめられています。街は精密な模型で、人間はみなマネキンです。空気も固まってます。水も流れません」

それから急に取り乱した。

「お父さん、どうして動かないんです。早く傍に行ってあげろ、とあの人たちが毎晩やってきて言います。でもこわいんです。息のつまるのがこわいんです」

少女は手を膝から離して、だらんと垂らしていた。初めて食堂で向かい合ったとき、美しいほど澄んでいると思われた彼女の大きな目が、いま否応なく見えてしまう幻影に怯えきっていた。

幻影だろうか。少年のときゲームや旅行の途中で、急に仲のよかった友人たちが全く見知らぬ他人のようでしかなくなったときに、私の心がひそかに感じてきたのは、いま少女が語ったような世界ではなかったか。いやいまでも、私がひそかに不思議な現実感を覚えながら歩く埋め立て地や、夜更の地下道や、車も人もほとんど通らない土曜の午後のビル街は、幻影だろうか。私もこの少女の見ている世界の、少なくとも影を、確かに見ている。

前よりいっそう烈しく風が荒れ始めた。建物の垂直の角、屋根から突き出た煉瓦の煙り出し、斜めの軒で、風はひょうひょうと巨大な笛のように鳴った。その奥で庭の樹が残り葉をひきちぎられながら、身をよじって叫んでいる鋭い声が、本当に聞こえるようだった。樹ではなく彫像たちが叫んでいるのかもしれない。片方の翼だけの首のない女神の像、俯いた少女の白い像。彼らは翼をたたみ、蹲っているのだろうか。それとも荒々しい生気を得て、風とともに翼をひろげ、見えない頭を起こして、雲の吹き飛ぶ暗い空に向かってけたたましく笑い声をあげているのかもしれない。

そろそろ帰らねばならない時間だった。だが怯えきった少女をひとり残して去るのは、忍びなかった。といって、これ以上彼女に近づけば、私自身がとめどもなくひび割れてゆきそうな気もする。社会に出てから懸命につくりあげてきた生活——会社とマンションの部屋の間を往復するだけの生活にすぎないとしても、その仕組みがゆすられる。生活というものは、自然に在るものではなく、ひとつひとつを取り出せば不安定きわまる意味、習慣、観念、了解事項、約束事などで、辛うじて組みあげられた脆い構成物にすぎないのだ。枠が消える。物がばらばらになる。むき出しになる。宇宙にさらされる。

「もう帰らなければ」と中途半端な気持のまま椅子から立ち上がりながら言った。「こんな夜、ひとりできみは何をして過ごすんだ。見たところテレビもラジオもないし、絵はもう描かないと言ってた」

「別に」と私の方をちらりとも見ないで、霧子は他人事のように答える。

「そうやってじっと坐りこんで……」

「庭や家の中を歩くこともあるわ」

灯が薄暗く、天井の塗りも壁の腰板も艶のなくなった長い廊下を、さまよい歩く少女の姿が浮かんだ。曲がり角にある大きな鏡の中を、少女が遠ざかってゆく。なぜか、その後姿はスラックスとカーディガンではなく、ネグリジェのような足首まである長く白い薄物を着ている。

ある晩、夕食の席に老人が姿を現わさなかった。照明の暗い広い食堂が余計がらんとして感じられた。

若夫人ひとりは、のびのびと陽気だった。化粧もいつもより濃い目で、もう冬だというのに大柄な花模様の浮いた薄地のブラウスを着ている。レースのついた黒いブラジャーが透けて見えた。

「ご老人が外出するとは珍しいですね」

と何気なく私が言うと、彼女は口の中のものをゆっくりとのみこんでから、声を立てて笑った。

「転んだんですよ。おととい、階段で」

「階段で、ですって？」と私は驚いた。

「最後の一段で」と若夫人は楽しそうにまた笑った。

「頭を打つとか骨が折れるとか」

「尻もちをついただけですわ。それを大仰に寝こんでしまって」

「急にめまいがしたらしいんです」と家政婦が控え目に口をはさんだ。

「当り前ですよ。いくら若いときから外国をまわって肉を食べなれているといって、いまもって意地汚く、毎晩肉なんですからね。体じゅうの血管が、うちのスチームのパイプみたいに詰まってるわ。肉さえ食べてれば、いつまでも元気に、自分勝手に、生きられると思いこんでいるんですから」

「ちがいます」と急に霧子が言った。

「何ですって、何がちがうというの？」

思いがけない反論に驚いて若夫人は声を高めた。霧子が食堂で自分から口を開く、それも他人に反対する、などということは初めてのことだった。

「おじいさんは知ってます。だから肉を食べるのよ」

「何を知ってるっていうのよ」

霧子の冷やかなほど落ち着いた声と態度に、若夫人は余計苛立った。

「あんたなんかに、他人のことが何がわかるの」

その、あんたなんか、という言い方には、明らかに子供という意味以上の棘があった。だが霧子の方は、問いつめられたから答えるというより、日頃ひとりで考え続けてきたことが、つい自然に口に出てしまったように、独り言めいた口調で言った。

「おじいさんも、行ってしまうんだわ」

ぽつりとそう言っただけだったが、その声にはしみとおるようなひびきがあった。私と家政婦は思わず顔を見合わせたが、若夫人の方はけたたましく笑った。

「何を言い出したかと思ったら、死ぬまでおいしいものを食べて死のうってこと？　自分勝手な欲張りはその通りだけど、死ぬ気だなんて。九十でも百まででも生き続ける気ですよ。自分では」

霧子はそれ以上言わなかった。いつものようにひとりだけで食事しているように黙々と箸を運んだ。

興奮のおさまらない若夫人は、私の方に向かってしゃべり続けた。

「あの老人のためにわたしがどんなひどい状態におかれているか、あなたなどには想像もできないでしょうね。電話は盗み聞きされてる、外に出ると尾行される」

「まさか、そんなこと……」

「と思うでしょう。そのまさか、ということをこの家の者たちは実際にするんですよ。親も息子も。まともな人間には考えられないようなことをね。江戸時代から続いた古い家だそうだけど、もう血が弱ってるのよ。濁ってるのかもね。わたしは北海道ですから、祖父から先なんて何をしてたかわかりはしない。だから健全なのよ。わたしの血ははなやかに生きたいって、いつもうずいてるわ。外交官っていうんで、パリやニューヨークに行けると思って結婚したら、そんなところへは行きたくないって、自分からわざと後進国や戦争の国に行くじゃない。一度はインドの近くの小さな国について行ったけど、こりごりしたわ。そして何を考えたのか、解放区か何か危いところにひとりで出かけて行方不明。正気の沙汰じゃないわ」

霧子がまた「ちがいます」と言い出すかと思ったが、何の関心も示さなかった。

若夫人の方は、ワインをたて続けに二杯も飲んだ。

「そう、尾行のことだったわね。デパートに行ったたって、ファッションショーに行ったたって、必ず監視されてるわ。人ごみのうしろから、物蔭から、必ず誰かがちらりちらりとわたしを窺ってる」

「あなたのような方なら、どこでもひと目を引くでしょうよ」

「それとはちがいます。車に乗ってるともっとよくわかるわ。わたしの車が曲がると必ず同じ道を曲がってついてくる車がある」

「東京なら同じ方向に走る車が、いつだって何台もありますよ」

悪意があったわけではない。あの老人が私立探偵を雇う、などとは本気に考えられなかっただけである。だが相手は本気で私をにらみ返した。目のまわりが薄赤く染まった。怒りのためかワインの酔いのためかはわからないが、眼窩がくぼんだ霧子の丸く大きく悲しげな目とちがって、瞼が腫れぼったく目尻の上がった切れ長の目が、ぎらぎらと燃えるようだった。

「信じなくても結構ですわよ。嫁に浮気されては困る、世間態が悪い、と心配してわたしを監視してるんじゃないことは、ちゃんとわかってるんだから。わたしを追い出す材料をつくるためなんだ。わたしにこの屋敷を自由にさせたくないんだ」

「若奥さま」とさすがに家政婦が、低いが芯のある声でたしなめた。「お嬢さんの前ですよ」

だが若夫人はいっそう目を吊り上げて声を高めた。

「あの子は何も聞いてなどいないわよ。ほらあの通り。わたしのことなど、何の関心もないんだから」

霧子は顔色ひとつ変えることもなく、いつもの通りひっそりとひとり食事を続けていた。実際母親の言葉など、多少やかましい物音としてしか聞こえていないような態度だった。だがそんな彼女が、自分からしゃべったのだ。少女の異常に敏感な神経が何かを感じとっている、という思いが、すっと心をかすめた。老人は本当に危いのかもしれない。不安な予感が隙間風のように吹きこんできた。この屋敷が崩れる。

蔦の葉がすっかり枯れ落ちた洋館は、壁の肌が剝き出しになっていた。葉に覆われていたときは思いもしなかったような、古びて荒れて、一面にしみと亀裂の浮き出した壁だった。窓枠も錆びていた。葉のなくなった太い蔓が、寒々と巻きつき垂れ下がって、ぶらんぶらんと揺れている。すでに日が短くなって、私がこの家に着く頃はすっかり暗くなっているが、玄関の前に立って見上げている間にも、ひび割れが壁面を走るような気がする。蔦の葉に覆われつくしていたときの建物も陰々と不吉だったが、いまはあられもなく無残だった。

スチームのパイプが、瀕死の気管のように不規則に喘いでいる。

若夫人だけは、ワインのグラスを手にしたまま、体じゅうから生気をにじみ出させていた。

「こんなお化け屋敷に何年も何年も閉じこめられてきた元を、わたしは必ずとるわよ。うまうまと追い出されたりするもんですか。相続税に土地の半分は売ったっていいわ。残りの半分で十分よ。そこにわたしはね、ホテルを建てるの。二十階、いや三十階、ぴかぴかに光って、イルミネーションに飾られたホテルを。玄関の前には世界中の国旗をずらっと並べる。庭の彫像も並べたっていいわね。台座から上向きに照明して。そして中では毎晩毎晩、パーティーよ。一流のバンドに最高の歌手。明け方まで踊って踊って踊りぬくのよ。地下には秘密の大賭博場もいいわね。花火も上げるわ。何て素晴らしいだろう。それが生きるっていうことよ。それに比べると、こんな毎日は死んだも同然よ」

他の三人は俯いて食事を続けた。家政婦ももうたしなめなかった。若夫人、というよりいまや、たか子というひとりの女が、しゃべっていた。

と、カチャーンと高く硝子の割れる音がした。若夫人がワイン・グラスをとり落したのだった。黒褐色の磨きこまれたテーブルの表面に、赤ワインが溜まっていた。小さな赤い水溜まりの中で、グラスの小さな破片がきらめいている。

家政婦が素早く立ち上がって拭こうとした。若夫人はグラスを取り落としたときのままに手をあげて、宙を見つめていたが、濃いアイシャドーを溶かしながら涙がひとすじふたすじと、酔いのまわった艶やかな頬を流れるのが見えた。

ノックしたが返事がなかった。部厚い木のドアである。耳をつけてみたが何も聞こえない。

二度三度と次第に強くノックした。

眠っているはずはなかった。霧子の部屋まで家政婦があがってきて、老人が来てほしい、と呼んでいると告げたのだった。

思いきってドアを引いた。途端に老人の書斎特有のあのにおい——剝製と防腐剤、フォルマリンのまじり合った強いにおいが鼻をついた。剝製の鳥と小動物たちは、小さな義眼を光らせながらそれぞれの姿勢で、停められた時間が動き出すのを待ち構えているようだった。その張りつめた沈黙が、食事の席で老人について霧子が呟いた予言めいた言葉を改めて思い出させ、息をつめるようにして老人の姿を探した。

剝製と標本に囲まれた皮張りの肘掛椅子はからっぽだった。手洗いにでも出たのだろうか、それともこの足の踏み場もないような部屋のどこかに倒れてでもいるのではないか。二、三歩、足を動かしかけて、鎌首をもたげたキング・コブラの標本に躓《つまず》いた。蛇は大口を開いたままゆっくりと、牙をむいたマングースの上に倒れかかって、鈍い音をたてた。「こっちだ」と老人の声がした。意外に元気そうな声だった。隣室へのドアが半開きになっていた。「入り給え」と続いて平静に呼ばれた。

書斎とほぼ同じ広さぐらいの大きな部屋に、青っぽい人工光線が穏やかに沈みこんでいた。小動物にすぎないといっても死体の群の陰々たる迫力が張りつめた書斎に比べて、ここは別世界の静けさだった。明るい珊瑚礁の海のような、と咄嗟に感じたが、実際に壁の一部に硝子張りの水槽がはめこまれていて、さまざまな海水熱帯魚が、ゆらめく海藻の林の間をひっそりと泳いでいるのである。青っぽい光線は、その水槽の上方に取りつけられた太陽光線灯の光で、それが人工海水と部厚そうな硝子をとおして、部屋じゅうをやわらかく照らしていた。それに、ここには家具も物もきれいになかった。中央にどっしりと置かれた大型の寝台と、小さなサイドテーブル以外には。

老人は枕をクッション代りにして、寝台のヘッドボードに背中をもたせかけ、両手で小さな薬壜のようなものをいじっていた。

「椅子がなかったな。何か腰掛けるものが書斎にあるだろう」

そう言われて、私が折りたたみの椅子を探してくると、寝台のすぐ横に坐るようにと手で示してから、小壜を私の顔の前に差し出して「これが何かわかるかな」と尋ねた。

薬屋で売っている普通の錠剤感冒薬の壜のようだったが、金具のふたは安っぽく、硝子もこまかな気泡のような、粒のようなものがあって上質ではない。透明な液体が口までほぼ一杯に入っている。私が怪訝《けげん》な顔をしていると、老人は上機嫌に、軽く声を立てて笑った。

「水だよ。水だ」

私も釣られて笑いながら、老人の容態について抱いていた不安が杞憂《きゆう》にすぎなかったことを、うれしく思った。霧子の予言めいた言葉も、神経過敏の幻覚だったのだ。霧子は、家政婦が私を呼びにきたときも、びくっと体を震わせたのだったが。

「だがよく見給え。底に何か沈んでるだろう」

そう言われて見直すと、確かに底の方に、薄黄色くてかすかに薄緑色もまじった半透明のぶよぶよの膜のようなものが沈んでいる。干からびたクラゲの子供、あるいは奇妙な海底植物の切れ端のようにも見える。

「ガンジス川の水だよ。聖地ベナレスでわしが自分で詰めてきたんだ。持ってきて五年ほどは、聖なる川の水にふさわしく、全く透明なままだった。あそこではこの水で口をすすぐし、飲むこともあるし、また運んでいって神像にそなえたり、死んでゆく者の額にふりかけたりもする。ところが、五、六年目ごろから壜の底に少しずつこんなものが溜まってきて、十年たった今ではそれがこんなふわふわの膜のようになったわけだ。でも水そのものは腐ったようにも見えない。とくににおいもしない」

「何か有機物が沈澱したようですね」

「ふん、ベナレスの岸では、薪を積み上げて遺体を焼いて、その灰を川に流す。ガンジス川は天につながっているんだ。わしは一週間ほど滞在したが、朝早くから夕方までひっきりなしに焔が燃えていた。時々これを出して眺めながら、このぶよぶよと奇妙なものが死者の霊魂ではあるまいか、偶然にわしは水中を漂う霊魂をひとつ封じこめたのではないか、と思うことがある」

そう言いながら、老人は小壜をそっと振ってみせた。不定形の半透明体は「聖水」の中をゆらゆらと揺れながら浮き上がっては、襞《ひだ》のついた薄緑の縁を縮めたり伸ばしたりした。

「濁ってる霊魂だな。迷いが抜けきれなかったらしい」

老人は愉快そうに笑って小壜をそっとサイドテーブルに戻した。

かすかに水槽の人工海水が環流するぼこぼこというこもった音がする。壁にがっしりとはめこまれているので気になるほどの音ではない。むしろ何かが絶えまなくめぐりまわっている気配を感じさせる快い音だった。名前を知らない色とりどりの魚、様々な形の魚が泳いでいる。岩には少しずつ形も色もちがったイソギンチャクがそこここにへばりついていて、青白い触手の群が絶え間なくそよいでいた。

「霊魂が本当にあると思うか」

急に老人が真顔で言った。冗談めかした口調も笑いも消えて、いつもの鋭い目つきに戻っていた。

「それは……」

たじろいだ私は口ごもった。

「ないと言い切れるかね。死ねばそれっきりだ、と」

目が合った。深く落ちこんだ眼窩の奥の目は鋭いだけでなく、一種狂おしいような暗い輝きがあった。浅い水底を思わせる静かなほの明りの中で、それだけが不安な異物のように見えた。

「手を出し給え、この横に」

そう言って老人は、自分の両手を、下半身を覆っている白っぽい毛布の上に置いた。私はすぐわきに自分の両手を差し出した。

「よく比べて見てごらん」

日頃意識したことがなかったが、老人の手の傍で、私の手は実に艶やかに滑らかだった。私の十本の爪の生え際には、小さな半月の形が薄桃色を帯びて白く見事に現われているのに、老人の黄色味がかった爪には、親指だけにごくかすかに白っぽい線がのぞいているだけだった。皮膚は干からびて鳥の足を思わせ、青黒く血管が浮き出している上に、数えきれぬしみとしわだった。しかも指の関節が真直に伸びないようなのだ。顔には目つきや口の動きがあってそれほどまでは感じないのに、じっと置かれた手は想像以上に衰え、ほとんどミイラの手だった。

「この違いをもう少しひろげれば、死だ。死は何の容赦もない、無慈悲きわまる現実であって、どんな幻影も幻想もありえない。もういい、手を引き給え、こんな苛酷な現実を、これまで何兆か何千兆か知らんが、すべての人間が避けえなかった、ということを考えただけで、頭がおかしくなりかける」

老人も手を戻して、ヘッドボードに背をもたせて静かに目を閉じた。きょうはいつもの詰襟服ではなく、上質そうな紫色の毛のガウンを着ていた。襟元と袖口に金糸の飾りが入っているが、そこから突き出ている頸も手首も、骨張り筋《すじ》張って、かさかさの皮膚が辛うじて貼りついているだけだ。

「トロイの遺跡を発掘したシュリーマンの名前を知っているだろう」

と目を閉じたまま老人は言った。

「四十歳まで商売に精出して巨万の富を手に入れ、それからきれいに手をひいて、発掘に専念した。わしも五十歳まで働いて、それ以後は自分のためにだけ生きようと心に決めていた。よく働いた。あこぎなことも、卑劣なこともした。そうして一応の金をつくった。五十歳になってみると、日本人の寿命が伸びていて、先がまだかなりありそうだった。十年間期限を伸ばしたが、六十歳になったとき、きれいに一切の仕事から引退した。そのとき会長とか理事とか顧問とか肩書が二十幾つもあったよ。この義理深い国で、一ぺんにすべての社会的絆を断ち切るというのは大変なことだったがね。そうして以後自分のために生きてきたわけだが、普通言われるような老後の楽しみとか余生という意味じゃない。死と戦ってきたんだ。というとランニングをしたり漢方薬をのんで長命に努力したように思われそうだが、その反対だ。できるだけ死と顔を合わせ、この避け難い残忍な相手とどう親しむかということだった。六十代は世界じゅうを旅して歩いた。廃墟や、できるだけ荒れた土地や、あるいは古来聖地とされてきた場所だ。七十を過ぎて歩きまわれなくなってからは、ここにいろんなものを集めた。きみも見たとおり世界じゅうの植物、動物の標本、彫像、祭具や仮面の類。もちろん書物も。読むだけでなく、一流の学者に来てもらって話も聞いた。たか子がいまやってるパーティーはその名残りにすぎん」

私は小さな折りたたみ椅子に、かしこまって腰掛けていた。学生のころから、私は老人を見かける度に、この人たちはこの人生を六十年も七十年も生き続けてきて、結局何を見、何を得たのか、それとも何もありはしなかったのか、ぎりぎりの言葉を聞きたいと、ひそかに強く思ってきた。それはまだ女を知る前に、女体に対して抱き続けていた一種神秘的な感情に似ていた。どんなに貧相で醜い女性でも、幾重ものやわらかい襞の重なり合った暖くほの暗い秘密の部分を、体の奥にひとつずつ持っているのだ、と思われたと同じように、どんなに卑しく平凡そうな老人でも、眠られぬ夜更に自分にだけそっと語りかける、ぎりぎりの智恵の言葉、あるいは戦慄の言葉を隠しているはずだ、と思いこんできたのである。

いまこの老人が、なぜ私をわざわざ呼んで彼自身の話を始めたのかはよくわからないが、少なくともこれはいままでついに一度も恵まれなかった機会だ、と私は自分の心に熱っぽく囁いた。

目は閉じていても、老人ははっきりと一語ずつ言葉を選ぶように語り続けた。

「ある夏の夜のことだ。わしはひとりで庭の林の中を歩いていた。何がこんなにわしをいつまでも駆りたてるのか、こうやってあがきまわって一体わしは何を得たのか、と沈んだ気分で、首を垂れてうろつきまわっていた。そのとき空で稲妻が光った。とてもはげしい稲妻だった。あたりが一瞬その光に照らし出された。本当に一瞬のことだったが、その瞬間わしは一時にまわりのすべてが、樹の皮のすじから葉の一枚一枚、下草の小さな白い花、彫像の衣服の襞まで、青白い光に照らし出されるのを見た。身のまわりだけではない、わしが集めてきたすべての標本、道具、書物の中の言葉、訪ね歩いた土地の記憶、出会った人たちの顔、わし自身の過去まで、が、ありありと見えた。恐ろしいほどはっきりと微細に生き生きと。徐々にでも、次々とでもない。その一切が同時にだ。

その瞬間、わしはわかった。わしはわしの中を訪ねまわったのだし、もともとわしの中にあるものの影を集めたのだし、聞いたり読んだりして心をひかれたすべての言葉も、思い出したに過ぎないということが。目に見える限りのそのまた向こうに、形にならない、言葉にもならないものが、ひしめきあってうごめいている。だんだんそれが見えてくるのだ」

いつのまにか老人は目を開いていた。何かを見つめているようでもないのに、鋭く光るその目は、薄青くほの暗い壁の彼方に、見えない影を見すえているようだった。ただ肩が大きく上下し、胸が苦し気に波打っているのが、ガウンの上からでもわかる。

「大丈夫ですか。お疲れなのではありませんか」

と私は思わず声をかけたが、老人は振り向きもしないで首を横に振った。

そんな老人の態度に比べると、壁の水槽の中で魚たちはのびのびと海藻の間を泳ぎまわっているように見えた。だが水面近くでなよなよと優雅に体をゆらしていた小さな赤い魚の群の一匹が、急にぴくっと体を震わせると、そのまま全身が硬直して、水流に流されながら濃く白い縞の入った腹部を上にして沈んでいった。私はあっと小さく声を出しかけたが、老人は気付かない。

「すべてがわしの中にある、とは言えまい。だが生命の長い長い歴史を、わしはわしの中に感ずる。水槽の隅にじっとひそんでいる鈍重な肺魚も、剝製のハゲワシも、隠花植物も、シベリアの奥の薄汚いシャーマンも、わしだ。わしはどこにでもいたし、どんなところも生きてきた」

私は息をつめるようにして、憑かれたような老人の声を聞いていたが、老人の顔が次第に、剝製たちの様々な顔のひとつのように見えてくるのだった。

「私も前世があったような気がします。ある風景を見たり、ある言葉を聞くと、それが初めてのはずなのに、いつか確かに見たり聞いたりしたことがあるっていうことがよくあります。霊魂のようなものが、もしかすると、あるのかもしれない……」

私が思わず呟くと、老人は薄笑いを浮かべた。しわがいっそう深くなって、無数の濃い隈取《くま》りのようになる。椰子の殻に刻みこんだ古い奇怪な面のように。

「おととい階段で転んだとき、家の者には言ってないが、足がよろめいたのではなく、目の前が急に真暗になったのだ。その瞬間、階段の一段目にいたのは偶然のことで、五、六段も上だったら、頸の骨を折ってたかもしれん。わけもわからんうちに死ぬ羽目になったかもしれん」

そこで老人は語気を強めて、私というより目に見えない何ものかに挑むように顔を上げて言った。

「そういうことはいやなんだ。ぼけたり、わけがわからなくなったりして死にたくないんだ。わしは自分の手で……おい、そんなに顔色を変えることはない」

私の顔に視線を向けると、またにやりと笑った。

「ガンジスの聖水で毒薬を飲むなんてことを、わしは考えてはおらんよ」

水槽を環流する水の流れの音が、森閑とした部屋と屋敷の中までめぐりめぐるように、ひどくはっきりと聞こえた。

「何を震えとるんだ。わしはこの通り元気だ。あすにも起きられるだろう。おかげで霧子が学校にも行くようになったのを、とても感謝している。きみもひとり暮しだろう。よかったらここに住んでくれていいんだ。部屋は幾らでもある。好きな部屋を選んでいい。そうしてきみが霧子のそばにいてくれれば……いやわしは死んだりはせんよ」

第三章　白夜

Ⅷ

病気のときのひとり住まいは、身にこたえる。風邪をこじらせただけのことだったが、買物に出るのが億劫だった。インスタント食品も卵も食べつくして、牛乳もなかった。たいして食欲もなかったが、食べないと余計弱るとも思い、沈んだ気分で、居間のソファーに坐りこんでいた。

南向きのベランダ越しに、都心部のビルの連なりがひろがって見える。視界のほぼ中央に東京タワーが小さくそびえていて、その両側にギザギザの凹凸を描いて、ビルの灰色の地平が続いている。右手の方には副都心の超高層ビルの群が、ひときわ高くそそり立っていた。午後になって、きのうから垂れこめていた雨雲がゆっくりと動き出し、三時過ぎ西の方で雲が切れたらしく、金色の光線が斜めに射しこんできた。まだ青黒くわだかまっている地平近くの密雲を背にして、斜めの光に照らされた超高層ビルは美しかった。

だがそんな滅多にない眺めも、これまでのように心の底から揺り動かす、というようでなくなっている。もう八年近く住んできたこのマンションは、ちょうど台地の端に立っているので、七階の部屋が平地の十階以上の高さがある。それにマンションの構造が正確な直方体ではなくかなり変形していて、私の住む角部屋は東西南北四方に窓があった。そんな塔か望楼のような高さを、私はひどく気に入ってきたのだった。母は何となく落ち着かないよ、と時折こぼしてはいたが。

それなのに、いま、いやしばらく前から、この高さにかすかに不安を覚え始めている。高所恐怖症の気は全くないので、そういう種類の不安ではない。もっと奥深く、一種手ごたえの薄れたような感覚である。初めはじっと眺めているだけで興奮を覚えた思いがけない眺望も、さすがに見飽きてきたのか、と考えてみたりもしたが、そうではないことも気付いていた。あの谷底のような屋敷にひかれ出してからだ。

風邪がいつまでも長びいて、もうしばらくあそこに行ってなかった。行かなかったからといって、電話がかかってくるなどということはない。別に正規の家庭教師というわけでないから、こちらから電話する必要もなかった。だがこうして眺めている視界の、東京タワーのやや左側の手前あたりがあそこだろう、と考えるだけで、灰色の眺望のその一角あたりにだけ、濃くなまなましい気配が暗く渦巻いているようだった。自然に気持がそこに引きつけられ、霧子の屋根裏部屋や、老人の言葉の断片や、若夫人の薄地のブラウスから透けてみえる肉付などが、重なり合いまじり合って、息苦しいほど身近に感じられる。蔦の葉が落ちつくして古びた煉瓦の肌が剝き出しになった屋敷の荒涼たるたたずまいさえ、ほとんど樹らしい樹もなくビルの連なりだけが季節もなくひろがっている中では、鮮やかな冬の実感だった。

やがて雲間からの光のすじが消えて、視界は一面の灰色に戻った。超高層ビルが亡霊のようだ。点々と並んだ窓が解読不能の墓碑銘を思わせる巨大な墓石のようでもあった。いっそ老人から誘われた通り、あそこに移り住むべきではないか。

そんなことを茫々と考えたりしながら、ぼんやりと外を眺めているうちに、玄関のチャイムが鳴った。また何かの勧誘だろう、と私は立ちもしなかった。だがチャイムは二度三度四度と、少し間をおいて鳴り続ける。舌打ちして、立ち上がった。昼過ぎに買物に出なければと思って、着換えはしてあった。

ドアは開けないで、「何ですか」と怒鳴った。意外に「おれだよ」と声がした。荒尾の声のようだった。そっとドアを開いた。確かに荒尾が立っていた。

「病気だそうだな。見舞いに来たよ」

「よくここがわかったね」

と驚く私に、荒尾は事もなげに言った。

「会社で住所を教えてもらったさ」

「社員の住所は教えないことになっているはずだが」

「おれが聞き出せないことは滅多にないよ。それよりいつまで玄関先に立たせておくんだ。見られたくない女でも中にいるのか」

「そんなものいないよ」

私は狭い玄関を内側に退いた。荒尾が入ってくるのと同時に、はなやいだ女の声がした。

「もうひとりお客さんよ」

若夫人が荒尾のあとから入ってきて、強い香水のにおいがにおった。襟にたっぷりと毛皮のついたコートを着た盛装の若夫人だった。

「こんなところに、わざわざ、予め電話でもしてくれれば」

と私はあわてて口ごもった。

「荒尾さんは電話しようとしたんだけど、わたしがいきなり押しかけようと言ってとめたのよ」

玄関からすぐに居間兼食堂である。荒尾は手にしてきた大きな紙袋をどさりとテーブルに置いた。

「ひとりで飢えてるだろうと思ってね。餌だよ」

若夫人はコートもぬがないで、居間の中を歩きまわり、隣室のドアも勝手に開いた。

「ふん、思ったよりちゃんと暮してるわね。でもくさいわ。頭がくらくらしそう。何のにおいよ、これは」

「流しのごみを捨ててないもんで」

私は恐縮して言った。

「男のにおいっていうもんですよ」

荒尾が無遠慮に笑った。

私は急いで食卓の上にちらかしてあったインスタント食品のからや汚れた皿を流し台に運んだ。

「いいからそのままで、病人なんでしょ。あなたは」

彼女は食卓の椅子のひとつを引き出して、勝手に坐った。

「一体どういうことなんです?」

私はふたりの顔を見比べながら尋ねた。

「荒尾さんが会社に電話したら、もう四日も休んでる、というんで、じゃ一緒に見舞いに行こう、ということになったわけ。で、病気は？」

「風邪をこじらせただけです」

「風邪ぐらいで何日も休めるなんて、いい会社だよ」

荒尾が口をはさんだ。

「普通は風邪ぐらいで休みはしないさ。何だかこのところひどく疲れててね」

「そうよ、頭のおかしな娘と老人の相手など熱心にするからだわ。わたしなんか、まともに相手にしてたら、こっちまでおかしくなるから、ほったらかしよ。でもその熱心なところが、あなたのいいところですけれど」

そう言いながら彼女はコートをぬいだ。下はぴっちりと身についた薄いワンピースだ。屋敷の中では若夫人だが、外ではまさに女盛りのひとりの女に見える。

「そうやってうっすらとひげも伸ばして、病気そうに見えるあなたもいいわね」

私は乱れた髪をあわてて手で撫でつけた。

「いいのよ、たしか目病み女に風邪男、と昔から言うじゃない」

彼女は含み笑いをしながら、粘るような口調でそう言った。

「いい眺めだな。思ったより作りもいい。これなら相当に売れる」

いかにも玄人風に壁を叩いたり流し台の下を開けてみながら、荒尾が言った。その無遠慮さが気にさわったので、少し声を高めて答えた。

「売る気などないね」

「これを売って屋敷に引っ越すんじゃなかったのか」

荒尾は本気に驚いた顔をしたので、かえって私の方が戸惑った。

「誰が引っ越すなんて言った」

「若夫人がそうおっしゃったぜ。だからおれにできるだけ高く売ってやれってさ」

私は若夫人の顔を見つめたが、一向に動ずる気配はない。

「どうしてそんな話、あなたが知ってるんです。いやぼくは引っ越すなんて決めてもいない」

私は気色ばんで言った。彼女は私を見返しながら、徐《おもむ》ろに薄笑いを浮かべた。

「あの話を父にほのめかしたのはわたしなのよ。あなたが来るようになってから、霧子がすっかり変わったと言ってね。だいたい、あなたを霧子の家庭教師に、と吹きこんだのもわたしだったのよ。知らなかったの」

「どうして、あなたが、そんなことを」

と私は当惑して口ごもった。考えもしなかったことだった。みな老人の好意とばかり思っていたのだ。

「きみは知ってたのか」

と私は荒尾に向かって語気荒く尋ねた。

「だいたいはね」

荒尾は平然と答えた。

「あんたたちは一体何を企んでいるんだ」

思わず私は興奮して、ふたりの顔を交互ににらみつけたが、ふたりとも顔色ひとつ変えなかった。

「わからないの？　なぜそうしたかって。女の口から言わせるの？」

食卓をはさんで、彼女はベランダを背にして坐っていた。彼女の背後で空も街もぐんぐん暗くなり、超高層ビルに点々と窓の灯が並んだ。彼女の顔がいっそう輝いて浮き出してくる。

「わたしはさびしいのよ。それ以上だわ。あんな崩れかけた屋敷の中に、おかしな人たちと一緒なのよ。もう何年も。さっさと移ってらっしゃい。病気でもしたらこんなにみじめじゃない。ろくに食べもしないで。げっそりと痩せて」

「折角そう言って下さるんだ、移った方がいいと思うよ。老人もお嬢さんもよろこぶことだし、それにもともとあの屋敷に興味を持ったのは、あんた自身なんだぜ」

私はかたくなに黙っていた。荒尾が急に語調を変えた。

「だいたいだな。もういい年をして、こんな鳥の巣みたいな高いところに逃げこんで、世間をこわごわのぞいてるだけで、生きてると言えるか。会社だってどんな立派な会社かしらんが、おれなんかから言わせれば、遊んでるようなものよ。書類と数字とハンコを玩具にしてな。現実ってそんなもんじゃないぞ。あんたのやり方は、プールに片足の先を入れてみて、水が冷たそうだからって尻込みしている女の子みたいなもんだ。いまから逃げようたってもう駄目だ」

「そんなこわい言い方しなくてもいいわよ、荒尾さん。牧さんもね、おこらないで。この人はあなたのことを思って言ってるのよ。最初駐車場の空地からうちを眺めていたときのあなたは、幽霊みたいだったって言ってたわ。昔話にある影をなくした男みたいだったって。いらっしゃい、うちへ。いまの会社なんかクビになったって、うちの父はたいていのところは顔がきくのよ」

言い方は丁寧で、顔には穏やかに微笑さえ浮かべているが、若夫人の言葉の方が、私の心を刺した。容赦なく膜を剝ぎとり、私の正体をさらし出すようだった。そんな急な刺激のせいか、あるいは本当にまた熱が出てきたのか、体が小刻みに震え始めていた。いや震えているのは体ではなくて、蚕が口から糸を吐いて自分のまわりに繭をつむぎ出すように、私がひとりで自分のまわりにつくり上げてきた、私の生、私だけの現実という虚構なのかもしれなかった。だがそれを認めれば、私の生活、私という人格はがたがたに崩れるかもしれない。

荒尾が抱えてきた大きな紙包みの中身を、食卓の上に取り出していた。

「ほらエビのグラタンだ。カリフォルニアのオレンジも、ミートローフも、くさやもあるぞ。じゃんじゃん食べて元気を出せ。この薩摩揚げも現地直送だ。うまいぜ。若夫人と一緒にデパートの地下で選んできたんだ。ありがたいと思え」

食卓の上は本当に食物の山だった。真冬なのに、オレンジの肌が艶々と光っていた。

「ありがとう」

と本気で言ったつもりだったが、自分ながら情ない声だった。

「癒ったら電話しな。この程度の道具なら半日でボール箱に入れて半日で運んで、一日で終わりさ」

若夫人も椅子を立って、ごく自然に私の手を取って撫でた。

「お大事にね。待ってますよ」

吸いつくような掌の感触を、ありありと手の甲に感じた。


暮も押しつまった底冷えの日に引っ越した。

マンションの部屋は賃貸しにすることにしたので、持ってゆく必要のない家具や食器類は一室に残してゆくことができ、運ぶ荷物は少なかった。部屋の借り手は荒尾が早速見つけてきたし、引っ越し屋も彼が連れてきた。半日どころか三時間もかからないで、荷物は次々と段ボール箱に収められ、トラックに積みこまれた。

朝から白いものがちらついて雪になるかと思われたが、昼過ぎてから霙《みぞれ》になった。トラックに積みこむとき、段ボールの箱に霙がべしゃりと落ちてきて、しみひろがった。トラックの幌の端から、溶けた水が滴り落ちた。

「さあ、これであんたもいよいよお屋敷の住人だぜ」

と荒尾はひとりで上機嫌だったが、トラックが出たあと、彼とタクシーに乗りこんで走り出しながら、大粒の霙が次々と降りかかってきて半透明になった窓ガラス越しに、濡れたマンションを眺め上げながら、私は涙をこぼしかけた。母と最後に住んだところ、というだけでなく、それは私なりにつくり上げてきたひとつの生活の形そのものでもあった。

「あんたは運がいいよな。いまどきあんなお屋敷に住める人間は、東京じゅうにも何人といないんだ」

そう言われても、気持は和らぎはしなかった。道路も街も、雪でも雨でもなく中途半端に薄汚れて見えた。歳末大売出しと書かれたスーパーマーケットの旗が、濡れて垂れていた。

初めて荒尾に連れられて屋敷を訪れたとき、心の奥の方で母の声のようなものが、そこは危険なところよ、近づかないで、と警告したことを思い出した。その声を聞きながら、その後、私はずるずると入りこんで、いまや暮しごとそこにひきこまれることになった。ひきこまれた、というのは正しくない。私自身の中に、母の声よりも強い力が働いていたのだ。

老人の書斎で見かけたフォルマリン漬けのオオサンショウウオのような、青黒いのっぺらぼうのそんな暗い衝動が、私の生を豊かにするものなのか、盲目な破滅への意志なのか、しばしば考えてきたが、わからない。ただごくかすかにだが、ナンマイダブと手を合わせるような気持で、もし私のような者にも自分の人生を生きたという手ごたえめいたものを実感できるとすれば、それはその力と別のところからは決してこないだろう、と予感するだけだ。

「おい、最近老人が遺言を書き直したらしい、という話があるんだが、何か聞いてないか」

さり気ない口調で荒尾が聞いた。

「全然知らないね。そんなこと」

「本当か」

「当り前じゃないか」

荒尾はしばらく私の横顔をじっと見つめていたが、すっと顔を起こして笑った。

「そうだな。そんなことに関心があるようだったら、あの老人があんたを近づけるはずはないよな。でももしかすると、あんたにも、幾らか入るようになるかもしれんよ」

「関係ないね」

私は不快感を露骨に声に出して言ったが、荒尾は平気で私の耳もとに囁いた。

「これからも精々うまくやってくれよな」

私は返事もしなかった。

ワイパーにかき寄せられた氷の細片が、フロントグラスの下の縁にびっしりと固まっていた。

「おう、来たか」

としか言わなかったが、老人は瞼が垂れ下がって小さくなった目をいっそう細めてよろこんだ。

若夫人は興奮して、廊下を行ったり来たりした。

家政婦さえ「これからにぎやかになって本当にいいですわね。お嬢さんがよろこびますよ」と、いそいそと荷物を運びこむのを手伝ってくれた。

私の部屋は、二階の端の、客用の寝室とその隣の空き室だった。若夫人は一階のもっと広い部屋を使うようにと熱心にすすめたが、夫人の部屋の近くは遠慮すべきだったたし、それに二階の方が幾らかでも眺めがいいと思われたからである。

にぎやかに迎えられて、来る途中での不安はいつのまにか薄れていた。家政婦はバリバリと勢いよく音をたてながら糊のきいたシーツをひろげて、寝台を丁寧につくってくれた。若夫人は壁によりかかって腕を組みながら、運びこまれた机と本箱、洋服ダンスなどの置き場所を、まるで自分の部屋のように指図した。サイドテーブルと傘つきのスタンド——新しくはないがかなり豪華なものを、彼女は一階から運ばせた。

そうやって夕暮までに、埃っぽく冷え冷えとしていたふたつの部屋が、生き返ったようになった。音をたててスチームも通った。本棚の本もひと通り並べ、洋服ダンスに洋服もかけ終わると、私は窓際に置いた机に向かって腰をかけた。夕食の仕度に女たちは下に降りていた。外はすでに暮れ切って真暗だった。机の上のスタンドの明りが窓から洩れて、その光の中を大きな霙の粒が次々とゆっくりと落ちていった。

そのかすかに光る氷水のすじを眺めているうちに、たかぶっていた神経も鎮まってきた。様々な事情と偶然のせいにせよ、こうなることになっていたのだ、という透きとおるような感慨が体を通り抜けていった。霙のすじの奥を窺ってみたが、林の輪郭も見えなかった。

ふと人の気配を感じて振り返った。ドアを背にして霧子が立っていた。そう言えばずっと霧子の姿を見ていなかった。だが家政婦の言った通り、霧子が一番よろこんでくれると思っていた私は、気軽く「やあ、来たよ」と声をかけた。

ところが黒っぽいドアの厚板から浮き出すように立っていた少女は、幾分顔を伏せて上目遣いに私を見つめたまま黙っている。

「これからは毎晩、話ができるよ。勉強だってみてあげられる」

私は重ねて言った。

「いつだって話したくなったら、来ていいんだよ、ここに」

私が言い終わらぬうちに、彼女はいきなり突っかかるように言った。

「どうして来たんです。霧子はいままでのままでよかったのに」

「いま言ったように、もっと話ができるようにさ」

「霧子はそんなこと頼んだことはありません」

「おじいさんに頼まれたんだ」

そう答えた途端に、霧子の顔からいっそう血の気が引いて、泣きそうな顔になった。

「だから来てはいけなかったんです。おじいさんを安心させると、おじいさんは……」

少女はしゃくり上げるように言葉につまったが、彼女の言おうとしたことを、私は悟った。

私たちはじっと目を見つめ合った。

「どうして、そんなことを、きみが」

私は思わず途切れ途切れに言った。ガンジスの聖水を入れた小壜を思い出した。あの夜、私も確かに老人の決心を直観して震えた。だがまさか、と思っているうちに、その後の老人は全くそんな素振りも見せないどころか、むしろ元気にさえなったように見えたので、私の思い過ごしか、老人の冗談だったのだろうと考えてきたのだった。

「わかるんです、霧子には。おじいさんもすっと……」

「それ以上言うんじゃない」

私は椅子から立ち上がっていた。

「おじいさんはあの年齢だ。いつ急に倒れたって不思議ではない。だけど霧子は霧子だ、たとえひとりになったって、生きていかなきゃならない。それに霧子はひとりじゃない。お母さんがいる」

「あのひとは母ではありません」

「ではぼくがいる」

霧子は冷たく燃えるような目で私を見つめた。こうして目を見交すのは初めてではないか、と私は思ったが、少女はすっと視線をそらして口を歪めると、ひどくおとなびた薄笑いを浮かべた。

「かわいそうな女の子と憐れんでいるだけだわ」

「そうじゃない」

と叫んで私は少女の方に歩み寄りかけた。

少女は薄笑いを浮かべたまま、両手を後にまわしてドアの表面を探りながら、じりじりと横に動いた。白いセーターの胸が大きく波打っている。ちらちらと私の方を窺うその目に、これまで見たことのない挑むような、誘うような不思議な輝きを感じて、はっとする。それはほとんどなまめかしいほどの、暗く濃い感情のゆらめきだ。

近づいてどうするという考えはなかった。思いがけなかった少女の反応に、私は混乱していた。まだ収めきらない本や書類や小道具類が床にちらばっている。それをよけながら少しずつ私も少女の方へと動いた。

急に少女が甲高く笑ったかと思うと、澄んだ声で歌うように言った。

「霧子は霧の国ニフルハイムの氷の王女。王女に近づくものは、誰でも何でも氷りつきます」

驚いて私が立ちどまった瞬間に、霧子はぱっとドアを引き開けて廊下にとび出した。

急いで私も廊下に出たが、少女の姿は見えなかった。黄土色の廊下が薄暗く静まり返って冷え冷えと続いているだけだった。

IX

これまでの自分の生活を、私はとくにさびしいとも異常とも思っていなかった。少年のころ友達の家に遊びに行って、とくに姉や妹たちが何人もいる家では、家じゅうに漂っている何となくはなやいだ雰囲気に驚きはしたが、それは自分とは別の世界のことだと考え、羨ましいと思ったことはない。明るいはなやかさには、何か自堕落なものがある。

小学校の教師を十年以上勤めてから、母は中位の病院で事務を扱う仕事をしてきた。父がいないために、母は厳格だった。日曜でも寝坊するようなことはなかった。どんなに疲れて帰ってきても、きちんと食事を自分の手でつくった。そういう形とけじめのある生活に、私は誇りをさえ感じてきた。

ただ姉が何人もいる同級生から「女って変だぜ。お腹が痛いからってよくおれにお腹を撫でさせるんだが、もっと下の方、という。下の方の膨らんで固いところを撫でてやると気持よさそうにじっとしているんだよ」というようなことを聞いたりすると、私は自分でもよくわからないめまいを覚えるのだった。中学生はすでにかなり露骨な猥談もすれば、怪しげな写真や雑誌をまわし見たりするのだが、不潔な感じの伴うそういう性への興味とは何かちがう、うっとりするような情感を、女きょうだいという存在に漠然と感じていたのである。

屋敷に住むようになって、長い間忘れていたそんな情感を次第に意識するようになった。広い家といっても一緒に生活していれば、女たちのこれまでとちがって他人行儀ばかりでない面、たとえば湯上がりの姿とか、上体を屈めて床に落ちたものを拾う後姿とか、起きぬけの腫れぼったい瞼や唇とか、を思いがけないところで見かける。とくに若夫人はそういうしどけない姿を、わざと見せつけるようだ。

私は気づかない振りをするのだが、狎れ合いめいた感情が自然に濃くなってくる。家政婦も薄化粧をするようになった。

「この頃、女たちがきれいになったようだな」

と老人が食事のとき、皮肉とも本気ともつかぬ調子で言ったことがある。

初めは自堕落な、と反発を覚えていた私も、次第に底深くけじめのゆるんだこの屋敷の生活になれてきた。以前は勤務時間後も残って仕事をしたし、休日でも出勤した。帰宅してからも結構、新しい資料に目を通したり本も読んでいたのだが、残業はしないで、さっさと帰ってくるし、夜も休日も何となくだらだらと過ごす。荒尾を呼んで若夫人に家政婦と四人で、夜更しの麻雀をすることもあった。それはさすがに老人にかくれてだが、きわどい冗談を交しながら、家政婦も結構浮き浮きとはしゃぐのだった。

時折何かのきっかけで、われにかえったように、いつのまにかねっとりと霧のたちこめる古沼にはまりこんでしまったのではないか、と考えることもあったが、まるで屋敷そのものからにじみ出てくるような濃い瘴気は、ある意味ではあらがいようもなく、私を侵してゆく。快く私は侵される。

母とつつましく暮していたとき、その後ひとりでひっそりと生きていたとき、そのときは先のために何かの努力を続けることが、貧しい現在をかろうじて意味づけてくれていたのだが、ここは現在そのものが大きく深々と淀んでいる。先のことを思いわずらったりしなくても、その日その日がねっとりと重いのだ。

薄陽のさす風のない休日に、庭を歩く。落葉樹は裸になって、交錯する枯枝が空間のひび割れのように黒く鋭く動かないが、常緑樹や熱帯樹の葉は艶を失いながらも、結構陰々と蔭をつくっている。白い大理石像の肌は薄陽にうっすらと染まり、青銅の巨大な交接神像は、全力をこめて華奢な女神の腰を抱き締め続けている。

書斎で剝製に取り囲まれながら、老人と話すことも多かった。階段で転んだあと動揺したように見えた老人も、その後すっかり落ち着きを取り戻したようだった。カラー写真を見せてくれながら、以前に歩きまわった遠い異国の秘境や廃墟の話を、機嫌よくしゃべった。

「わしは自分勝手に生きてきた。他人もみなそう言う。非難の意味でだ。だがわし自身はちがう。実を言うと、自由という気分をわしは味わったことがないんだよ。わしの内部の何かがわしを駆り立てる。その声に従ってきただけだ。だから後悔という感情も、わしは知らんのだ。もう一度人生をやり直したって、結局八十年たてばここにこうしていて、こんなことを考えているだろうと思う。もう幾度もそういうことを繰り返した気がするよ。いろんなところを歩いてると、不思議な親近感を感ずる場所がある。アステカの石の神殿の階段を登りながら、確か以前にこの階段を登ったことがある、とごく自然に感じた。シベリアの大森林地帯を車で走って、ひときわ高く聳えたつモミの巨木を見かけたときは、何度もあれを登って天に昇ったことがあったと思い出したよ」

そういう話を、私は剝製たちと一緒に聞くのだったが、黄色い義眼を光らせている鳥や小動物たちは、老いた族長の物語に熱心に聞き入る忠実な一族のようだった。弱いけれども幻想的な赤味を帯びた冬の夕陽が、高く小さな窓から斜めに射しこんで、身じろぎもしないで聞き耳をたてる小動物たち、亡んだ都市の城壁や神殿跡の写真、絶滅した古代生物の化石標本を次々と照らして過ぎる。砂岩の断片に埋まったアンモナイトの精密な渦巻が、音もなく回転を始めるような、不思議な時間だった。この屋敷の部屋全体がそうなのだが、普通よりはるかに高い天井と小さな窓が、古い寺院の中のような感じを与えるのだ。

最初は目を見返すのも恐ろしいと思われた老人だったが、そうして次第に私は親しみを覚えていった。老人の体は日ましに干からびて縮んでゆくようだが、気分はかえって妖しく高揚し続けていた。まるでそのために私をこの屋敷に呼び寄せたのではないかと思われるくらい、しばしば私は老人の書斎に呼ばれて、様々の話を聞かされたが、ある静かな夜、老人はこう言った。

「いまになってみると八十年間のいろんなことも次々と薄れてゆくし、どうでもよくなってゆく感じだが、この思いだけは不思議にかえって強まってくる。それは人間の形ということだ。われわれはこの通りの、わずか八十年ほどでぼろぼろになってしまう下等な肉体に縛られている。耐えがたい屈辱だと思わないか。いつ頃からかわしはこう思うようになり、いまは最も強い思いだ——人間は遠からず、肉体的に変化するだろう、と。心のもち方とか生き方の変化ではない、肉体もろともの変化だ。それだけが本当の変化というに値する。それ以外は、とっくに思いつかれた事柄の組み合わせの問題にすぎん」

「三本目の手でも生えるのですか」

「冗談を言ってるんじゃない。多分、いや必ず人間は肉体を離脱する。物質の次元を越えた、自由な思念になるだろう」

「いつぞやお話になった霊魂ですか」

「いや伝統的に考えられてきた霊魂は盲目で、まだ半ば物質的だが、わしのいう思念はそんなものじゃない。一切の物質の法則を越える」

「玄関の扉に彫りつけてある飛天女の像ですね」

「わしはエローラの石窟寺院の壁であの浮彫りに出会ったとき、体じゅうが震えおった。この思いはわしだけの妄想ではなかったのだ。空を行くあの優雅な自由。あの浮彫りに匹敵する像を、わしは世界じゅうのどこにも見なかった。インド人というやつは、あんな昔から考えるべきことはすべて考えぬいていたんだ。あの像に比べれば、西洋の翼のついた天使や聖霊など、野蛮な想像にすぎん。あれからわしはもう世界を歩きまわるのをやめて、この屋敷に閉じこもった。世界じゅうの樹で屋敷を囲った。これは世界という巣の中の卵なんだ。この卵の中から、飛天女が孵《かえ》れ、と」

そして老人は静かに私の手を取った。かさかさの剝製のような皮だった。老人は私の目を覗きこんで言った。

「わしの死んだあとも、いましゃべったことはよく覚えていてくれ。それがわしが八十年かかって、この回の生涯で得た最高のイメージだ。だが妙なことだな、幾つもの前の生で、恐らくきみはわしの息子だったにちがいない。よく覚えとるよ。初めて廊下できみとばったり出会った瞬間に、わしはそのことを即座に感じた」

老人の頭がついにおかしくなった、とまで思いはしなかったものの、私は気味悪くなってそっと手を引こうとしたが、老人はぐっと私の手を握りしめて、低く暗く、まるで時の流れの奥からの何者かの声のように、こう囁いた。

「霧子はおまえの妹だった。そしてその国では妹は妻だった」

そのとき部屋の隅で古い振子の大時計が、ゆっくりと十二の時を打った、と記憶しているが、確かではない。言われたことの余りの奇怪さに、記憶が無意識のうちにつけ加えたのかもしれないからだ。

かつて私は方舟を連想し、老人は卵と言い、若夫人はお化け屋敷と呼んだこの崩壊しかけた家が、曲がりなりにも生活の形を保ち得ていたのは、家政婦の小田さん（という名であることを移ってきてから知った）のほとんど超人的な誠意と働きのおかげであった。朝は早く起きて、霧子の朝食をつくり、車を運転して学校の近くまで送り、帰ってから他の人たちの食事、洗濯、掃除、庭の手入れ、暖房作業までひとりでやり、正確にはわからないが、家計のやりくりまで、彼女が取りしきっているようだった。さすがに夕食は若夫人も手伝うようだが、後片付けは小田さんである。

そんないまどき珍しい小田さんのような女性がいなかったら、この屋敷そのものもとっくに荒廃していたであろうし、生活は乱脈をきわめていたにちがいない。母親の言うことなど全く聞かないばかりか無視しきっている霧子も、小田さんの言うことはほとんどおとなしく聞いていたし、勝ち気な若夫人さえ老人よりむしろ小田さんの目を恐れていた。

私が来てから一か月近く、むしろひと目のあるところで殊更私を誘うような素振りをみせても、たまにふたりだけになるとき、あるいは夜遅く皆がそれぞれの部屋に閉じこもってから、若夫人が神妙にしていたのも、老人より小田さんを気にしていたからと思われる。小田さんの部屋は若夫人と同じ一階だったし、寝る前に必ず家じゅうをまわって戸締まりを確かめてまわるのである。

だが小田さんのそんな懸命の努力にもかかわらず、どうしようもなく煉瓦はゆるみ、スチームは詰まり、壁のひび割れの線が日ましに伸びて、壁の布張りも絨毯も埃を吸いこみ色褪せてゆく屋敷そのものの崩壊の気分が、急速に私の中にもしみこんでくるにつれて、若夫人に対する私の警戒心がゆるんでくるのは、当然の成行きでもあった。そういう気の使い方をひどく無意味に感じさせるような濃い雰囲気——熱帯の樹と寒帯の針葉樹が並んで植えられ、時代も産地も用途もちがう装飾品、祭器、道具類が、めちゃくちゃに混在している空気が、屋敷じゅうにこもっている。

もちろん私の方から誘うようなことはなかった。夕食後は霧子の部屋か私の部屋で話したり、少しは勉強を見てやったりする以外のときは、老人の書斎に行くか、居間で小田さんと気楽にテレビをみたりして過ごす。自分の部屋に戻れば、本を読むこともなく、若夫人から貰ったブランデーを少し飲んで寝てしまう。

大寒に入ってからの、雪もよいのひどく底冷えのする夜だった。スチームの栓を一杯に開いても、ごぼごぼと音だけ大きくなってなかなか部屋が暖まらない。ブランデーを少し大目に飲んで寝台に入ったのだが、薄寒くて寝つけなかった。小田さんに頼んで毛布をもう一枚出してもらおうかと迷っているうち、ドアがそっと開く気配がした。小田さんが気を利かして毛布でも持ってきてくれたのだろう、と思って寝台から起き上がりかけたところに、ドアから入った人影がいきなり寝台に走りこんできた。起こしかけていた上半身に、その影はいきなり抱きついてくると、首のまわりに両腕を巻きつけて、強く唇を押しつけた。

「寒いわ、暖めて、暖めてよ」

と喘ぎながら、両腕を私の首に巻きつけたまま、体を毛布の中に入れ、両脚を強く私の脚に絡めてきた。寒い寒いと繰り返しながら、熱い体だった。

「暖めてくれるだけでいいのよ、それだけよ」

と一度起き上がってガウンを床にほうり投げてから、いっそう強くしがみついてきた。本当に体を暖め合うだけのように、私たちはできるだけ肌を付けて抱き合った。それが彼女の技巧だったかどうかはわからないが、そうして男と女というより親しい者同士のように抱き合い続けていることが、自然の欲望を着実にかきたてた。

これまで数えるほどしか、それもうんと若い女としか経験のなかった私は、成熟しきった女体の微妙な深さと烈しさにたじろいだ。女が幾度も続いて達することができるとは知らなかった。終えた私の体に二度三度と生気を吹きこむ仕方にも驚いた。つまり本当のおとなの行為というものを、その夜、初めて私は経験したのだった。私の未熟さに気付いたような言葉を、彼女は一言も口にしなかった。というより口をほとんどきかなかったのだ。初めて実際に聞いた女という奇態な生きものの異様なうめき声以外には。

明け方近く彼女は、床からガウンを拾い上げると落ち着いた足取りで黙って部屋を出て行った。毛布の中に残った濃いにおいにむれながら、快く疲れ切って動物のように眠った。何の夢もみなかった。

三時間ほどしか寝てなかったのに、翌日少しも眠くなかった。歩きながらも、会社で机に向かっていても、ひっきりなしに体が固くなった。日頃は目につく会社の若くきれいな女の子が、本当に子供のように見えた。事実上未亡人だとしても形の上では他人の妻、世話になっている家の若夫人とこういう関係になったことについて、少しの後めたさも感じないことに、自分ながら驚いた。

夕食の席で若夫人は前日までと少しも態度がちがわなかった。無意識のうちに視線が、彼女の目に、体の方に向くのだが、彼女は視線ひとつ返さない。だがその夜も十二時過ぎて彼女はそっと部屋に入ってきた。次の夜も、そのまた次の夜も、十二時過ぎると、彼女はやってきた。三日目毎に、小さな桐の小箱に入れられ、金紙で丁寧に包まれた白蠟の玉のような薬を飲まされた。香ばしくて爽やかな不思議な味だった。

そのような関係が屋敷の他の人たちに気付かれなかったのも、何より若夫人のしたたかな冷静さのためだった。わざと私によそよそしくしたのではない。いままで通りに、ちらときわどい冗談も口にし、食堂で隣合って坐るときことさら体が触れるような仕草も怠らなかった。寝台での夜毎にあられもなくなる烈しさよりも、昼間のそんな別人のような意志力に、かえって私は、かつて彼女自身が口にした「魔女」という言葉を思い出したほどだ。

老人の部屋は同じ二階でも幾つも間に部屋をおいて離れていたし、老人が寝室に閉じこもっている限り、壁の中の水槽の水音が少々の音なら消してくれたはずである。それにいまから考えれば、ちょうどその時期の老人は、もはやそんな地上的な事柄に関心はなくなっていたはずだ。

むしろ私が心配したのは、小田さんが私の部屋を掃除してくれるとき、痕跡を見つけるのではないか、ということだった。たとえ何か気づいたとしても、殊更騒ぎたてたり老人に告げ口したりするような小田さんではなかったが。

それよりひそかに最も恐れたのは、霧子に気付かれるのではないか、ということだった。

「あの子は夜中にふらふらと家の中をうろつくらしい。廊下でばったり出会ったりしないよう気をつけた方がいいと思うな」

と一、二度私は夫人に言ったが、夫人は鼻先で笑って気にもしなかった。少女の病的に敏感な感覚がこわかったのだ。具体的な証拠がなくても不思議な透視力のようなもので気付かれるのではないかと思われたし、もし気付かれた場合、少しずつ安定を取り戻しかけてきている彼女の神経がどんな反応を起こすか、見当もつかなかった。しばらく遠慮しようと今夜こそ若夫人に言おうと昼間は何度も思うのだが、彼女が純白のガウン姿で夜更にするりと闇の部屋に滑りこんでくると、吸いつくような肌の魔力、飽くことを知らない不気味な精気にどうしようもなく捉えこまれて、口にできないのだった。

霧子は気付いていたのだろうか。

私たちはほぼ一日おきぐらいの割合で「レッスン」を続けていたが、引っ越してくる直前のころは私が帰りかけると、「早く帰ってよ」とか「もう来なくたっていいのよ」と殊更突っかかるようなことをよく口にしたものだが、そういうことはふっつりとなくなった。むしろ子供っぽく見えないように、努めて異常な言動を抑えているようにさえ見えた。若夫人と張り合おうとしたとは思わないが、食堂や廊下などで若夫人が親し気に私と話してるときなど、憎しみに近い冷たい少女の視線を感じてはっとすることがある。小田さんと話していてさえ、少女が緊張しているのがわかった。

寝台の上に両脚を投げ出して坐るようなことはなくなった。以前から長い髪だけは念入りにとかしていたが、かすかに化粧水のにおいがするようになった。ほとんど飾りらしい何もなかった屋根裏部屋に少しずつ、小さな風景画の額だとか、草色のクッションとか、コアラの小さい縫いぐるみなどが目につくようにさえなったのだ。

二月初めの私の誕生日に、会社から戻ると私の部屋の机の上に、水彩画が置いてあった。エッチング風のきつく鋭い線描に淡く色がついているだけの小品だが、葉の落ちつくした蔦の蔓に取り巻かれた洋館の姿は、荒涼とした冬枯れの気配を実に的確に捉えていて、じっと眺めていると少女自身の自画像のようにさえ見えてくる。低く暗い空の下で、荒れた林と蔓の鎖に取り巻かれながら、小さな窓しかない洋館が懸命に立っていた。いわば〝廃園に立つ影〟とでも言ったような少女の心の孤独さが、むせび泣きのように伝わってくるのだった。ただ若夫人の魔力的な力に捉えられていたその時期の私は、そんな少女の悲痛な訴えを、以前ほど心にしみて感じとれなかった。

彼女の並み並みならぬ絵の才能については以前から驚いていたが、引っ越してから少しずつ勉強もみてやる、というより一緒に改めて勉強し直す格好だったが、そうして発見したのが、数学の驚くべき能力だった。規定の出席日数のぎりぎり、落第基準のすれすれの成績というのが彼女の実情で勉強らしい勉強などほとんどしてはいないのに、教科書の数学など一度でわかってしまう。私自身、大学は文科系だが数学が好きだったので、大学時代ひとりで楽しみに解いたりしていた高等数学の本を本棚から引っ張り出してきてやらせてみると、実に明晳に解いてゆく。その代り歴史とか生物とか、とりわけ家政のような具体的な課目は、全く興味を示さなかった。

だが風の荒れる夜には、やはり子供のように怯えるのだ。

「倒れるわ、もうちょっと強く吹いたら、崩れてしまう。この家は壊れるのよ」とうつろな目で宙を見つめて呟く。

思わず肩に手を置いてやろうとすると、はっと身を引いて「さわらないで、霧子に近づくと引きこまれるわよ」と叫ぶのだった。子供っぽく怯えきった少女の顔の裏から、冷やかな能面のような、ぞっとする冷笑的な薄笑いが浮き出してきて、別人のようにかすれた声が言うのだ。

「知らないのね、向こう側がどんなところか」

彼女の言う通り、私は知らなかった、まだその時は。

X

夜になってあれほどの大雪になるとは、思いもしなかった。そんな兆など、空のどこにも、雲の動きにも、風の感触にも、微塵もなかった。風は乾いて草も枯れたままだったが、日ざしにはむしろ早春の気配が感じられる、快く晴れた午後だった。とくに地面に落ちた影は、冬の鋭い輪郭がかすかにゆらめき始めているように見えた。影の色もやわらかな深みを帯びかけている。

東京を東西に貫いて走る地下鉄を、ずっと東の方、新開の埋め立て地帯の駅に降りて、都心部とは別世界のように広々と開けた空を眺め渡しながら、「もう春だなあ」と思わず私が言うと、「まだ冬は終わってないわ」と霧子は答え返したが、その声は穏やかだった。

昼休みが終わって間もなく、霧子が会社に電話をかけてきたのである。そんなことは初めてだった。「どうしたんだ、何かあったのか」と驚くと、「牧さんがよく行くという川向こうに連れてって」といきなり言った。

「そんなこと言ったたって、いま勤務中だよ」

「誰かに仕事頼めばいいでしょう」

「そうはゆかないよ。夕方行こう」

「暗くなるわ」

「じゃ明日の土曜か日曜」

「霧子はいま行きたいんです。明日なんてどうなるかわからないわ」

私は心の中で舌打ちしたが、彼女が屋敷の外に一緒に行こうと言い出したことは、これまで一度もない。彼女の声はひどく真剣だったし、外に自分から行く気になるということは、よい兆候にちがいなかった。

結局私は外に仕事の資料を貰いに行ってくる、と上司に断わって会社を出た。霧子は近くの地下鉄駅への降り口に立っていた。紺色の制服の上に白いカーディガンを着て、黒革の学生鞄を体の前に両手で下げた彼女の姿は、家の中でいつも見かけている普段着の彼女よりずっと少女っぽく見えたが、幾分緊張しているらしく心もち眉根を寄せて顎を引いた横顔は、逆におとなびた感じでもあった。どこか不安定な、そして透きとおるように皮膚が白くて目の大きな彼女の顔は人目を引くようで、いったん通り過ぎてから立ち止まって振り返る男たちもいた。だが彼女は周囲の視線など全く無関心に、午後の街のざわめきの中に、ひっそりと立っていた。地下鉄の降り口は交叉点の角にあって、窓枠がきらきらと輝く新しいビル、あるいは古い石造のビルが幾つも立ち並んでいるが、石とコンクリートの巨大な建築物が、そんな彼女の姿と妙に釣り合って見えた。

だが私に気付くと、一瞬縋りつくような目付をした。

「待ったわ」

「そうすぐには出られないよ。でも、どうして急に川向こうなどに行く気になったんだ」

「ふっとそんな気になっただけ」

霧子は先に立って、階段を降りた。電車の中でも固い表情で黙りこんでいたが、十数分ほど走って埋め立て地の駅に降りると、驚いて言った。

「たったこれだけ電車に乗っただけで、こんなところに来られるの」

「そう、別世界のようだろ」

駅まわりはここしばらく来なかった間に新しいいろんな店がたち並んでいたが、そのすぐうしろにも、高架の線路の太い支柱のまわりにも、葦に似て先の尖った細長く強《こわ》い葉が、まだそこここに群がって残っていた。この何日も雨は降っていないのに、水が滲み出て溜まっている。だが少し高くなった地面の土は乾ききって妙に灰色がかって白っぽい。点々と建っている住宅もアパートも新しく、地面になじんでいなかった。真新しい道路は十分に広いが、街路樹は枝を切りつめられ幹にわらを巻かれて、棒で支えられている。不動産屋あるいは土地案内所の看板と赤い旗がやたらと目についた。

「この新開地の感じが、ぼくは好きなんだ。たとえばほら、この地面。よそから運んできた土だと思うんだけど、灰か砂に近いね。これがここと反対の西の方、武蔵野の中や、北の方の関東平野の真中に行くと、土がねっとりと黒くて気味が悪いんだよ」

「初めてなのに、とても懐しい気がするわ」

初めはおずおずと近くを見まわしていたが、次第に霧子は大きく呼吸しながら空を見上げ、遠くの方を眺めた。

「何かにおいがする」

「何のにおいだと思う」

軽く目を閉じて霧子は深呼吸した。

「わかった。海のにおいだわ」

かすかにやわらか味を帯び始めた早春の日ざしの中で、彼女の声はこれまで聞いたことのない弾んだ声だった。

「そうだよ、ここが好きなのは新開地というだけでなく、河口があるからなんだ。海だけでもなく、川だけでもない。長い間いろんな土地を曲がりくねって流れてきた水が、やっと海に戻るところさ」

私たちはバスに乗った。バスは新開地の中を右に左に幾度も曲がりながら走った。

「あんな空地の真中に、ラーメン屋があるわ。誰が食べにくるのかしら」

と霧子は私の耳に口を寄せて囁いた。

「どうしてこんなに鉄工所が多いの」

とも聞いた。葦に似た草の茂みの蔭に転った鉄材が、真赤に錆びていた。

十何階もありそうな大きな集合住宅が幾棟も建ちかけている場所で、バスは終点だった。まだ舗装が完成していない石ころだらけの道路を、河口の方へと歩いた。転びそうになると、霧子は自然に私の手をつかんだ。

「ずっとまだ小さかったときに、お父さんと海岸に行ったことがあった。お父さんが手を引いてくれて、波打際を歩いたわ。どこの海だったのかしらね。思い出せないのよ」

「お父さんが好きだったんだね」

「だって霧子の本当のお母さんは、わたしを産んですぐ死んじゃったのよ」

「じゃいまのお母さんは」

「小学校に上がった頃に来たわ」

風はなく日ざしはいよいよ明るかった。作りかけの道路が、腹の高さぐらいの厚いコンクリートの突堤にぶつかる。向こう岸の同じような突堤との間に満々と漲った河口の水が一面にきらめいているのが見えた。ちょうど海からのぼってくる潮と、川を流れてくる水とがぶつかり合って渦巻き盛り上がっているようだった。底がかなり深そうで、水は不気味に青黒いのに、小波が揺れるにつれて夜光虫の群がいっせいに並んで光り出すように、光の波が三百メートルはありそうな川面を一気に走るのだった。

ふたりとも黙って眺めていた。突堤の表面がざらついている。表面の日ざしでかすかに暖まっているのだが、じっと掌を押しつけていると、少しずつコンクリートの内側から冬の冷えが滲み出てくる。河口でも黒い深みと輝く水面とが、溶け合っては離れ、離れては重なり合った。

「きれいで、こわいわ」

と霧子がかすかに肩を震わせながら呟いた。

「こわいけど、きれいだわ」

じっと川面を見つめていると、遠近感がおかしくなる。ぐーっと底から盛り上がった水がゆるく渦を巻きながらくぼむとき、思わず引きこまれるようなめまいを覚える。不気味でそして甘美なめまいだ。この少女と青黒い水の中にゆっくりと沈みこんでゆく光景が浮かぶ。少女は白く透きとおる裾の長い衣を着ている。その裾をひるがえしながら、少女はまるで空を舞い飛ぶように自由に水中を舞う。舞い泳ぎながら、少女は暗い水の奥へ奥へと私を誘う……

と急にけたたましい金属音でわれに返った。耳の奥にいきなり突き刺さってくるような音だ。斜め上空を大型のジェット機が、脚を出しフラップをおろして飛び過ぎてゆくところだった。空は地面の近くで淡い紫色に煙っているが、天心は白い光に満ちていた。機首の窓ガラスがキラリと光った。翼の裏の文字のひとつひとつ、車輪のタイアの一個ずつまではっきりと見える。思いがけなく巨大で、そして凄まじい噴射音だった。

霧子が私の上着の袖口を、きつくつかんでいた。

「羽田に降りる旅客機だ。何でもない」

その手の甲を、袖の自由な方の手で軽く叩いてやる。だが少女の手の震えはなかなかとまらない。

「何でもないよ。そろそろ帰ろう」

やっと彼女は手を離したが、荒く息をつきながら、放心したように両目を一杯に見開いて、ジェット機が噴煙の尾を引きながら去っていった空の一角を、いつまでも見つめている。

「どうしたんだ」

私は少女の肩に両手をのせてゆすった。いつもなら「さわらないで」と私の手を払うのに、固く肩をすくめてじっとしている。見かけ以上に肉の薄い肩だった。その肩が震えている。

「急にこわくなったの。何か起こるわ。こわいことが起こる」

少女は喘ぎながら呟いた。それから私の手首を、両手でそっと握って下におろすと、強いて微笑を浮かべようとした。

「もういいの。ごめんなさい。折角天気もよくて、いい気持だったのに」

口許がひきつって泣き顔のように見え、いじましい思いが強く心の中に湧いてきた。このところこの少女のことを最初ほど考えていなかったことに気付く。いきなり肉の薄い肩を抱き締めたい感情を覚えた。

川を背にして引き返そうとすると、作りかけの道路の上に、数人の作業員が並んでこちらをじっと眺めていた。卑猥な冗談でも言われるかと思ったが、そのまま道路の方へと歩いた。すぐ傍を通り過ぎたが、もう若くない作業員たちは黙って見送っただけだった。

バスの終点には、ベンチがひとつ置いてあった。並んで腰をおろした。舗装して間もない艶のあるコールタールの路面に、ふたつの影がくっきりと落ちた。まだ道路の街路樹も植えていない荒地の一角に、巨大な集合住宅の赤黒い鉄骨だけが、剝き出しにそびえ立っている。その他はざらざらの荒土が盛り上がったりくぼんだりしていて、くぼみの底では油の波紋の浮いた水が光っていた。

「もう一年もしたら、このあたりも大分変わってるだろうな。また来てみよう」

「ええ、そうしましょう」とうなずいてから、霧子はひどくおとなびた口調で言った。

「きょうはとても楽しかった。一生忘れないわ」

「一生なんて大げさだよ」

私は笑ったが、彼女は笑わなかった。恐らく、彼女は大雪に続いて起こった出来事を、すでに予感していたにちがいない。私の方は大雪そのものさえ、このときごくわずかの予感もなかった。

「本当にいい天気だなあ」

なかなか来ないバスに苛立ちながらも、私は両腕を思いきり頭上に伸ばして言った。

「ここはとても空が広いわ。空ってこんなに広かったのね」

霧子はしみじみとそう言いながら、ようやくバスが荒地の彼方から近づいてきても、晴れ渡った空を眺め続けた。

雪空も底冷えも何の前触れもなく、夕方から急に気味悪い雲がひろがり風が吹き始めたかと思うと、大粒のぼた雪が一面に落ちてきた。

もともと私は雪が好きなのだが、この夜の降り方は何か異常だった。しんしんと粉雪が音もなく降り続ける、というのではなく、どかどかとまるでなだれ落ちてくるように、雪の粒というより小塊が降りかかったかと思うと、急にぴたりと止んで、凄い速さで乱れ飛ぶ真黒な雲の切れ目から、尖った月がのぞく。忽ち真白に覆われた庭が一面に青白く光る。林の奥だけが暗く澱んで、なまなましく息づいているようだ。石像たちは顔の起伏も衣服のひだも埋まって、のっぺらぼうの群だ。

だがこれで止んだかと思うと、月光が急にすっとかき消えるとともに、前よりいっそう激しい雪と風が荒れ始めて、のっぺらぼうたちの影は薄れ、林の闇も包みかくされて、梢の悲鳴だけが、渦巻く白い闇の奥で甲高く鳴る。上空の気流がひどく不安定に荒れているようだった。

人間も落ち着かなかった。夕食の席でみな黙々と、強いて平然と食べる振りをしているのだが、隣の居間の先のサンルームの屋根に、どさりと上から雪の塊が落ちる音がすると、いっせいにその方を振り向く。目に見えて怯えているのは、一番気が強いはずの若夫人だった。

「この屋敷、潰れてしまうんじゃないかしら」

「ちゃんと鉄筋が入っとるわい」

その老人の声もたかぶっていた。

「潰れなくても埋まってしまうわ。ここはすり鉢の底みたいに一番低いでしょう。まわりじゅうから雪が吹き寄せられて、出られなくなる。スチームの油が切れたら凍え死んでしまう。いいえ、窓という窓がふさがって息ができなくなるわよ。小田さん、食物は大丈夫なんでしょうね」

「まさかこんな大雪になるとは思いもしなかったので、とくに買ってはありませんよ。電気ストーブをどこかにしまっておいたはずなんだけど、どこだったかしらねえ。電気が切れたりすることはないでしょうねえ」

沈着な小田さんさえ、幾度も箸を置いた。

「天気予報は一体どうなってるの」

「関東全体に大雪なだれ強風注意報が出てますよ。今晩これからますますひどくなって、明日一杯も続きそうだと言ってます。記録的な大雪になるだろう、とも言ってましたね」

「夏が寒かったり、へんなときに大雪になったり、何かおかしいんですよ。地球が狂いだしてるんだわ」

若夫人はいきなり箸をおいて、両腕を胸の前で交叉させ両手で自分の二の腕を、ぎゅっと握りしめた。

「むかし中国の禅の師匠が弟子たちに質問した」と老人が言い始めた。「門のところの旗がはためいているが、旗が動いているのか、風が動いているのか」

「シナの坊主の話なんかどうだっていいわ」

と若夫人がいっそう苛立った。

「弟子どもは、旗が動く派と風が動く派に分かれて言い争った。それをみて師匠は静かに言った。おまえたちの心が動くのだ、と」

「ばからしい。わたしが大雪を降らせたとでもいうんですか」

「実際おまえは永遠に幸福だよ」

若夫人が体を乗り出してさらに言い返そうとしたとき、霧子が静かに言った。

「やめて頂戴。聞こえないわよ」

みなは一瞬しんとなった。

「一体何が聞こえるんです。お嬢さま」

小田さんが不安そうにあたりを見まわした。

「聞こえるわ、ほら」

「あれは風の音ですよ」

「何よ、この子ったら、気持が悪い」

若夫人がじれて声を高めたが、霧子は振り向きもしないで、独り言のように言った。

「近づいてくるわ、少しずつ、足音よ」

林のざわめく音と、どこかで積もり過ぎた雪の崩れ落ちる音しか聞こえなかった。だがそれらの音がふっと途絶える瞬間、小さな音、遠い音は雪が吸いとってしまって、恐ろしいほどの静寂が、単に音がないという静けさではなく、静けさそのものとでもいうような澄み切って張りつめた沈黙が、ひしひしと感じられ、何かかすかな気配が近づいてくるような気もする。雪をかぶった白いのっぺらぼうの石像たちが歩きまわっているのかもしれない。

「足音なんかしませんよ。気のせいです。今夜のコーヒーはおいしく出ましたから、熱いのを、たっぷりミルクを入れて飲んで、早目におやすみなさいな。あとで電気ストーブを探して持って行きますから」

小田さんが気丈にそう声をかけた。

霧子は言われた通りにコーヒーを飲んで、そっと立ち上がった。一緒にいてやろうと思って、私も続いて立ち上がろうとすると、私の顔を見ないで、霧子は言った。

「今夜はひとりでいたいの」

聞こえるか聞こえないほどの低い声だったが、思いつめたひびきがあった。私は立ち上がりかけた上体を椅子にもどし、霧子はすっと部屋を出て行った。

その後姿を見送ってから小田さんがそっと言った。

「こんな夜に雪女が出る、って子供のころよく聞かされましたがね」

「じゃあ、わしの相手をしてもらおうか」

そう老人に声をかけられて、一緒に食堂を出た。二階の老人の部屋に行くのかと思ったら、そうではなかった。階段を登らず、玄関を通り過ぎて、確か二度目にこの家を訪れたときに入った広い客間のドアを、老人は開けた。

「こんな広い部屋では凍えてしまいますよ」

と声をかけたが、老人はさっさと中に入ってゆく。私はあわてて灯のスイッチを探した。

灯がつくと銀色の甲冑が陰々と光った。その横の壁にかかったシャーマンの皮太鼓の表面で、小さなトナカイや人間たちの線描がうごめいて見えた。ひび割れた石棺の蓋に彫りつけられた唐草模様が濃く浮き出す。埃のにおいと様々の古い材質の腐蝕するにおいのまじり合ったにおいが、肌にまでしみこんでくるようだ。おずおずとあたりを見まわしているうちに、老人はさっさと広間の中央の暖炉の方に歩いていった。

大きな暖炉である。炉の中には太い薪が何本も組み合わせて置いてある。これまでその炉も薪も、他の道具類と同じような装飾品、あるいは若夫人が口にした皮肉な言い方によれば「模造のにせもの」だとばかり思っていたのだが、老人は炉の前に屈みこむと、太い薪の組み合わせをいったん崩して、傍に置いてある鉄の容れものの中から、鉋《かんな》くずのような薄い木片をつかみ出して、本当に火をつけた。それから乾ききった小枝を上に置き、さらに火かき棒を巧みに使って、太い薪を組み合わせて立てた。手伝おうにも薪など燃やしたことのない私は、黙って見守っているしかなかった。

薪にうまく燃え移った本ものの焔と煙は、やがてぼうぼうと音をたてて、煙突の口へと吸いこまれ始めた。

老人は両手をはたいて立ち上がると、電灯を消せ、と言った。ドアのところまで行ってスイッチをおろす。途端に暖炉の焔は生き返ったように明るくなった。炉の前だけでなく、まわりの壁にまで結構届くのだ。しかも絶えずゆらめく焔の明りは、道具類に微妙な陰影をつくり、壁掛や絵に思いがけない色彩と形を浮き出させるのだった。

暖炉の前に、安楽椅子をふたつ押してきて、私たちは並んで焔に向かって坐った。煙は完全に煙突に吸いこまれて部屋に流れ出てはこないのに、熱は十分に照り返してきて、あついくらいだ。

ガスや電気の火と光ではなく、薪の焔と熱は、実に久し振りだった。焔は様々に形を変え色を変えながら、次々と新しい薪に乗り移ってゆく。その変化が新鮮だった。

「いいですね。生きてる火だ」

思わず私がそう言うと、老人は微笑した。深いしわが照らし出されたり翳ったりして、老人の顔は急に若く見えたり、うんと年とって見えたりする。じっと両手を火の方に向けながら、老人は言った。

「どんな木の薪でも、十分に乾いてさえいれば、同じように火が燃える。だが薪の種類によって、実は焔の色も熱も微妙にちがう。いまこの焔は、この薪の焔だ。そしていつの時代、どこの土地の火とも同じ火だ。そうじゃないかね」

「そうだと思いますが……」

「そうなんだ。わしという火が消えても火というものは残る。だがそうとわかっても、わしという小さな火が消えるのは、やはりさびしいことだな。焔なぞ幻影にすぎんという考え方もある。薪と酸素が化合して灰といろんなガスに変化する過程で、束の間、現われる中空の幻だ、と。そうかもしれん。わしもいろんなことを経験しいろんなことを感じたり考えたりしてきた。だがその全部がわしと一緒に消える。たとえわしにそれを表現できる十分の才能があったとしても、文字でも色でも彫刻でも、そのすべてを形にできるとは思えん。いまその薪の端の方で燃えている焔を、よく見てごらん。上の方というかまわりの方は黄色く赤く輝いているが、焔の真中の方は色がないだろう。焔の芯は暗いのだ。目に見えないもの、誰にも伝えられないものが、多分いのちの芯にもあるにちがいない」

そこで老人は言葉を切って、火を眺め続けたが、その表情は悲し気でもさびし気でもなかった。いままで見たことのない深い穏やかさが、顔全体に漂っていた。

薪は燃えて赤い燠《おき》になると、静かに熱を放ちながら、白く美しい灰になって崩れてゆく。老人は新しい薪を加え、新しい焔がどっと燃え上がる。その度に壁に沿って甲冑やイコーンのひょろ長い聖人や鼎の縁を這う蛇が、照らし出されたり闇に沈んだりした。焚火の焔に照らし出される洞窟の壁の絵のようだった。

大雪を忘れたわけではない。だが火を前にして老人とふたり坐りこんでいる暖さと安らぎ、いつか遠い遠い昔にこうしていたことがあったような不思議に懐しい気分が、その不安をやわらかく包みこむ。いや外の大雪の恐怖がかえって洞窟の奥の火の親しさを濃くするようだった。どのくらいたっただろうか、ふっと霧子のことが心配になって、私は老人にそう言った。だが意外に、老人は立ち上がりかけた私の手をとって坐り直させた。

「あの子は大丈夫だから、今夜はもう少しわしとこうして坐っていてほしい」

「大丈夫じゃありませんよ。よくご存知でしょう」

最近かなり落ち着いてきたと安心しかけていたのだが、河口の岸壁での怯え方は、やはり正常ではなかった。

「いや、いいんだ」

老人は顔を起こした。このところ私と親しく話し合うようになってから、隠されていたきびしい一面が急に顔を出したようだった。

「あの子は父親とはちがう。父親つまりわしの息子は気が小さくて、わしの影から逃げようとばかりした。外務省などに入ったのも、できるだけわしから逃げるためだったとしか思えん。そしてとうとうもっと遠くへ行きおった。実際の事情はどうあろうと、精神的にはあの事件は自殺だ、とわしは思っとる。冷酷なようだがそれが正確な理解だ。ところが霧子は少しちがう。隔世遺伝かどうかしらんが、わしに似て強情だ。自我が強い。それだからひと以上に傷ついて苦しむ。苦しみながら、孤独の底を究めるだけの強さを持っている。あれが弱さのためだと思ったら間違いだ。早く母に去られ……」

「亡くなったのではないんですか」

「息子に愛想をつかしたか、この家を恐れたのかわからんが、その頃のわしはいまとちがってまあ暴君だったからな、とにかく乳離れした頃、出て行った」

「病気で死んだように言ってましたが」

「言いにくかったんだろう。とにかく母に捨てられ、父親は自殺同然でいなくなり、継母はあのとおりの派手好きなだけの頭のからっぽな俗物で、本当に孤独に育っている。不運といえば不運だが、それがこれからの人間の運命ともいえるだろう。家族という絆は崩れ、人間はひとりで、古い幻想の剝げ落ちた世界と人生に直面して生きてゆかねばならなくなる。そうじゃないかね。わしの父親は戦争前に死んだが、家族、親類から部下たちまで枕許に集めて、大騒ぎして息を引き取った。これから先祖たちのところへ行く、お前たちがやってくるのを待ってるぞ、なんてな。ところがわしは死んだ肉親の集まってる墓の中なんていう幻影はない。ひとりで死ぬだけだ。そういう新しい人間のあり方が、あの子の心で試されているのだ、とわしは考えてきた。わしらとちがった新しい人間が誕生するのか、それとも人間は孤独の果てに滅んでゆくのか。わしに代って、きみにその行方を見てもらいたい。きみだって、あの子と似たようなものだろう。単なる不幸な娘と同情してやってほしい、と言ってるんじゃない。ありきたりの同情など、あの子は受けつけもしないだろうし、必要でもない……」

それだけ一気に言うと、老人はがくりと肩を落として椅子に沈みこんだ。しゃべっている間、恐ろしいような圧迫感を覚え続けたが、その感じは必ずしも不快ではなかった。むしろ深く落ちくぼんだ眼窩の奥の両眼に、炉の焰が小さく映って燃え上がるのを、私は震えるような感動を覚えながら見つめていた。老人はまるで自分の中の焔をかき立てるように、次々と薪をほうりこんでいた。

煙突が熱気を吸い上げる音か、外の風の音か、ごうごうというひびきが遠くなったり近くな

ったりした。一気に燃えた薪が真赤な燠の山になっている。それをじっと見つめていると、体

の奥から不思議に静かな力が湧いてくるような気がする。

「きみを連れてきてくれた男、確か荒尾といったな、あの男に何か礼をしてやらねばならん

な」

穏やかな声にかえって老人がぽつりと言った。

二階の自分の部屋に戻ってきたのは、十二時近かった。真暗な部屋の中で、窓だけがぽっと

白い。窓枠に吹きつけられた雪が積もっている。外もまだしきりに降っているらしい。

暖炉で暖まり過ぎて、とくに顔があつかった。勝手知った部屋の中を真直に窓のところまで

歩いた。旧式な鉄製の開閉装置はぎしぎしときしんだが、思いきり窓を押し開くと、風ととも

に雪片が舞い狂いながら降りこんできた。襟元から吹きこむ風は冷たかったが、頬に溶ける雪

は快かった。

視界は真白だ。一面の白ではなく、鋼鉄の肌を思わせる硬い暗黒の奥行の前で、白い直線と

曲線が交錯し渦巻いている。建物の壁にぶつかって舞い上がってさえくる。庭と林はもう見分けられない。地面と空の境もなくなって、真白な地面の奥が黒々と透《す》けて見え、暗いはずの夜空が妖しい薄明りに、ぼっと光っていた。

このまま窓から跳び降りて、雪と風の中を走りまわり転げまわりたい衝動を覚える。風が吹き止んで、恐ろしいほどの静寂が垂れこめる瞬間、余計心が騒ぐ。天井が高い古い造りのこの建物の二階は普通の家の三階ほどの高さがあるのだが、雪の上に跳び降りてみようと本気に考え始めた。実際、セーターを着ようと洋服箪笥の方に行きかけた。

その時、声がした。

「いつまで窓を開けてるのよ。おかしくなったんじゃない」

癇の立った若夫人の声だった。窓と反対側の壁際に置いてある寝台からだ。と気付くと強い不快感を覚えた。妖しく開きかけていた気分がすっと固くなった。

「さっさと来てよ」

その命令口調を、ほとんど憎悪の気持で聞いた。頑《かたく》なに口をつぐんで部屋の中に立ちつくしたまま、暗がりの中にぼんやりと白っぽい寝台の膨らみを、にらみつけるように私は眺めていた。この一か月余りの、お互いほとんど言葉を交すこともなく、ただ喘ぎながら絡み合ってきた夜が、一連の悪夢のようだ、その瞬間は、骨まで溶けるようだと思われたはずの興奮の記憶が、うそのように醜くうとましかった。

「どうしたのよ。とにかく窓をしめて。凍えちゃうじゃない」

機械的に歩いて窓をしめた。悪夢じゃない、現実だったのだ、という思いが、鋭く心をかすめた。

「今夜は、そんな気分になれないんだ」

のどから不快なものを押し出すように、そう言った。

しばらく重苦しい沈黙が続いた。窓の錠が完全にしまらなかったらしく、窓枠ががたがたと鳴った。

「そう、それならいいわ」

別人のように落ち着いた声が答えた。

「じゃ、話をしましょう。話したいことがあるの」

下手《したて》からの媚びを含んだ声に変わった。話すことなんかない、とそのまま部屋を出てゆくべきだ、と感じながら、粘りつく糸のような鼻にかかるくぐもった声に引き寄せられる。女の頭とは反対の、寝台の端に、わざと浅く腰をかけた。

「ねえ」と女は横になったまま、いっそう肌にまといつくような声で言った。「前からずっと考えてきたんだけどねえ、わたしたち結婚しない？」

何を言い出すのかと恐れていたのだが、余りに思いがけない話に返事もできない。

「わたしたちこんなに気があってるでしょう、それに体までぴったりじゃないの。あなたは少々頼りないけど、その分わたしがしっかりしてるし、わたしの方が少し年上といっても、わたしはどこでだって十は若く見られるわ」

「そんな話……大体あなたは人の奥さんじゃないか」

女は含み笑いを洩らした。

「実はね、とっくに夫の失踪届を出してあるのよ。誰にも言ってないけど。もうしばらくでわたしは自由。どこにでも行けるし、誰とでも結婚できる」

余りに現実的すぎてかえって悪い夢のようだ。窓枠に、また雪がたまり始めている。この調子だと本当に雪に閉じこめられてしまう、とぼんやり考える。

「でもねえ、あなたはこの屋敷が気に入ってるんでしょ。わたしは嫌いだけど、いいわよ、ここに一緒に住むために、あなたがこの家の人になればいいんだわ」

「何のことだかわからないよ」

本当にめまいのするような話だ。

「簡単なことよ。どういうわけか、あなたは、あの年寄に気に入られているでしょ。養子にしてほしい、この屋敷と哀れな娘の面倒をみますから、と頼めばいいんじゃない。もしそうしなければ、わたしが霧子の親権者になったとき、うまく胡麻化して、この家屋敷、みな売ってしまうわよ」

「そんなことが……」

「できなくはないのよ。上手にやれば」

「そんな知恵をつけたのは、荒尾だな」

「いいえ、わたしひとりで考えたことです。どう、ご老人に頼んでみる？　それともわたしから話してあげましょうか。皆とこの屋敷が助かる話じゃない。相続税の払いに、庭を少し売らねばならないでしょうけど」

薄暗がりの寝台に横になってそんな話を平気でできる女の神経が奇態だ。だが落ち着き払ったその話し振りから、それは単なる思いつきではなく、考えぬかれた計画にちがいない。だが大学でほんの少しかじっただけの私の法律の知識では、その計画が実現性があるのかどうか、自信はなかった。

この女と結婚するとか、老人の養子になるなどということは全くの論外だが、老人が一生かけて集めた樹も石像も道具類も剝製まで、この女が恐らくは荒尾と一緒に勝手に処分してしまう、という想像は耐え難いことだった。そうなれば霧子は一体どうなるのだろう。この女なら霧子を精神病院にでも入れかねない。

この屋敷がもっている一種言いがたい独得の濃密な雰囲気、老人と語り合ってきた人生の真実、霧子が戦っている目に見えぬ心の世界、それらはいまや私にとって掛替のない現実だが（それに比べていつのまにか、昼の会社の世界がいかに影薄くなっていることだろう）、この女と荒尾の存在や彼らが企んでいる事柄、不動産としてのこの屋敷、相続法、精神病院などもまた現実にちがいないのだ。そして現実が剝き出しになればなるほどいかに悪夢に似てくることか。塔のようなマンションのベランダから都心の夜景を眺め渡しながら、のんきに会社に通っていたころの自分は、一体何だったのだろう。あれだって決して夢だったわけではないのに。

窓の向こうで、いっそう狂おしく雪が渦巻いている。蔦の枯れ蔓に絡みついた雪がすでに、建物の全体を厚く覆っているだろう。石像たちももう埋めつくされただろう。ついさっき、老人と暖炉の火を見つめながらしみじみと感じた安らぎは、もうなかった。燠火で暖まった体もみるみる冷えてゆく。

若夫人がゆっくりと体を起こす。「ガウンを取って」と言う。

「よく考えといて。でもあの老人、もうそう長くはないわよ」

そう言ってドアの方へと歩いてゆく女の後姿を黙って見送る。振り返りもしないで女がドアの把手に手をかけたとき、急に胸騒ぎを覚えた。急いで部屋を横切って、女がしめて出たドアをそっと開けた。

仄暗い廊下にふたつの白い影が向き合って立っていた。

「こんな夜更に一体何してるの」

ドアに背を向けた影が、棘のある低い声で言った。ガウンの生地はどっしりと部厚く、襟も大きくて、白く幅広い紐を豊かな腰にゆるく結んでいる。

こちらを向いて立っている白い姿は、やはり霧子だった。背は同じぐらいの高さだが、ガウンは薄く肩も腰もほっそりとか細い。

「あんたもここに忍んできたわけ？」

相手が答えないままに、若夫人の声だけがじりじりと皮肉に苛立ってくる。

「まだ子供のくせに、何てはしたないことを。わたしは眠れないから、ちょっと牧さんに本を借りに来ただけ。それともあなた、夜遅くなってからそっと来いと呼ばれでもしたの」

「ぼくは呼んだりしてませんよ。ここに来ようとしたのではないでしょう。夜中によくひとりで家の中を歩きまわる……」

「よくご存知なこと。でも牧さんに聞いてるんじゃありません」

振り向きもしないで、若夫人は冷然と言った。

霧子はそんな居丈高な継母の顔を、じっと見つめ返したままだ。大きな目がいっそう見開かれ、まばたきもしない。顔は蒼白で、細いうなじも、だらんと垂れた両手も小刻みに震えている。普段でも冷え冷えと薄暗い日の当らぬ廊下が、今夜はとくに骨にしみるような底冷えだ。

「何とかおっしゃい。強情な子ね」

若夫人の声も震えを帯び始める。

霧子がゆっくりと機械仕掛のようにぎごちなく、私の方に顔を向けた。何も見ていないような、いや見たものが信じられない放心した目だった。いつか必ずこういうことが起こると、ずっと恐れていたことを思い出す。だがこうして実際になってみると、即座の実感が伴わない。本当にこれは霧子だろうか、屋根裏部屋で眠りこんでいる霧子の体から、舞い狂う雪の渦のままにさまよい出てきた白い影のようだ。

だが私の背後の暗がりをただぼんやりと映していたような霧子の目が、少しずつ焦点を取り戻してくるにつれて、痛切な悲しみの色が滲み出てきた。咎める目つきでも蔑みの目でもなかった。本を借りに来たなどという子供だましのうそなど、聞いてもいなかっただろう。

体が震えた。寒さか、急に知覚された現実感のためかわからない。と同時に、霧子がどうなるか、という恐怖が一時に滲み出てきた。このまま廊下の床に崩れ折れるか、いまにも何かわけのわからぬ叫び声をあげるのか。

「さあ、さっさと自分の部屋に戻って寝なさい。それとも肺炎にでもなって世話を焼かすつもり？」

若夫人が襟元を両手でかき合わせながら、いらいらと言ったが、霧子は私の顔を見つめたまだ。悲しみの目の色がどんどん深くなった。本当なの、本当なの、本当なのね、と、その目は言った。本当なのだ、だが本心じゃないんだ、と私も少女の目を見返しながら答えた。本心じゃない、よく見てくれ、心の奥まで覗きこんでくれ、と心の中で繰り返した。

「ばからしい。いつまで震えながらこんなところに突っ立ってるのよ。わたしは行くわよ」

若夫人が背を向けて歩き出した。霧子の目から私の視線がそれた。その途端に、霧子の方がすっと、若夫人とは反対の方向にいきなり走り出した。脱ぎ捨てられた薄赤いスリッパが二メートルほど離れて、土色の絨毯の上に転って残った。

私も咄嗟にそのあとを追った。華奢な少女の脚とは信じられない速さだった。雪の中に走り出るにちがいないと思った。かつて月夜の庭をはだしでうろついていた彼女を思い出した。雪夜の庭を走りまわって倒れるだろう。

一、二度、姿を見失いかけた。だが少女は外に出ようとしたのではなかったらしい。階段を登った。彼女の部屋へ行く急な階段を駆け上がる白い姿がちらりと見えた。部屋のドアをしめる音は聞こえなかったが、階段を登りきると、ドアはしまっていた。いくら把手をまわしても、ドアを押しても動かなかった。拳で叩いてもみた。だが部屋の中からは、何の答もなく物音もしなかった。

しばらくドアの前に震えながら立ちつくしていた。

絶え間なく吹きつけてくる風の音の間に、急斜面の屋根を雪が滑り落ちてゆくらしい、ずずっというひびきが何度も伝わってきた。

XI

寝台にもぐりこんだのはもう夜明け近かったはずなのに、かなり早く目が覚めた。いやな夢ばかりみつづけた気がする。カーテンをしめ忘れた窓の外では、雪がまだ降り続いていた。だが昨夜、闇の中では真白に浮き出していた大粒の雪が、灰色の朝の薄明の中では、艶のない濁ったべた雪に見える。部屋の中の物たち——書類を出し放しのテーブル、本棚、洋服簞笥、椅子の上にくしゃくしゃに脱ぎ捨てたままの衣服、床に落ちて丸まった靴下が、ばらばらにどれも陰気にいじけて身をすくめている。私の中でも、眠りで癒されなかった、むしろ夢で増幅された悔恨と疚《やま》しい気分が、重く沈みこんでいた。

若夫人との関係はふたりだけの事実であって、霧子はその事実に直接かかわったのではない。病的に過敏な想像力（正確な直観力ともいえるけれど）と過剰な反応が、時ならぬ大雪の不安に刺激されただけに過ぎない。そう考えようとするのだが、固く鍵をかけて屋根裏部屋に閉じこもってしまった霧子の心事は、痛いほど身近に感じられるのだった。

かなりの間、寝台の中でぐずぐずしていたが、思いきって起き上がると食堂に降りた。食堂には家政婦の小田さんがいるだけだった。

「お早いですね」

と小田さんがテーブルに茶碗と箸を並べながら声をかけた。味噌汁のにおいが漂っていた。普段の朝食はパンにコーヒーなのだが、休日は朝、日本食で、昼にサンドイッチやスパゲッティなど軽い洋食をとる習慣である。

「寒くはありませんでしたか」

「ええ、ご老人と暖炉で暖まってましたから」

「そうでしたね。それにしても皆さん、遅いこと。おみおつけが煮つまっちまうわ。どうしたんでしょうね。寒くて寝つかれなかったんじゃないかしら」

「さあ、どうですか」

小田さんの視線を避けながら、そっと椅子に坐った。

だがいつもと変わらぬ落ち着いた小田さんとふたりで、味噌汁とつくだ煮と暖いご飯の朝食をとっているうちに、少しずつ気分が鎮まりかけた。そのうち霧子も、案外、平気な顔で現われるかもしれない。昨夜のことは大雪の夜の悪い夢にすぎない……

「雪はまだやみそうにありませんか」

「天気予報だときょう一日降るそうですよ。でも少し小降りになったし、風はおさまりましたから」

「じゃ雪かきしましょうか。これじゃ小田さんが買物にも出られないし、電話したって届けに来てもらえない」

小田さんは、どうせ春先の雪はすぐに溶けるだろうから無理しなくていい、と言ったが、ふと思いついた雪かきという作業は、強く興味をひいた。不安なときは体を動かせばいいのだ。ちょうど食事が終わったとき、若夫人が現われた。幾分腫れぼったい目だったが、いつもと変わらない。お嬢さんも起こして来ましょうか、と小田さんが尋ねても、お腹が空いたらひとりで降りてくるでしょう、と少しも気にかけた様子はなかった。

「牧さんがこれから雪かきして下さるんだそうですよ」

と小田さんが言うと、肩をすくめて笑った。

「元気があり余っているらしいわね。分けてもらいたいくらいだわ」

小田さんとシャベルを取りに地下室に降りた。台所のわきの階段からゆくのだが、実際に降りるのは初めてだった。スチーム用のボイラー室の隣で、天井に太いスチームのパイプが何本も走っていて、意外に暖い。それに地下室といっても、壁の上の方に鉄棒の並んだガラス窓があって、半地下室といった感じだ。いまガラスの外は雪が積もっているから、ちょうど地面すれすれぐらいの窓なのだろう。

広さは小さな教室ぐらい。隅の方にシャベルとか鍬とか鎌とか大きなのこぎりとかつるはし、太い鉄鎖とロープなど、庭や林での作業具が並んでいて、他にも壊れたドアや古い戸棚、スプリングのはみ出したマットレス、セメントの紙袋、石炭、麻袋、むしろ、ござ、その他、様々ながらくたが積み上げてあった。

埃と黴と錆だけでなく、もっと雑多なにおいがまじり合ってこもっていて、初めは少し息苦しいほどだったが、そのうち何か懐しいような濃密な気分を覚えた。

「いろんな物があるんだなあ」

と私が驚くと、小田さんは言った。

「ご主人が物を捨てるの嫌いで、何でも取っておけって言うんですよ。いつまた掘立小屋を建てて、芋でも作るようになるかもしれん、て。困りますよ」

「そうかもしれませんよ」

「いやですよ。子供のころ毎日お芋ばっかりだったんで、あんな思いは絶対にいやです」

「いや本当に老人の言うとおりかもしれない」

そう言いながら、私の一番最初の記憶が、焼跡のバラックだったことを思い出した。実際には物ごころつく年頃には、もうほとんど東京の真中に焼跡などなくなっていたはずだが、母から幾度も聞かされていたうちに、自分も見たような気になっている。焼けたトタンを屋根にして、ブロック塀の破片を積みあげた薄暗い半地下壕。顔の記憶はないのに、男の姿がぼんやりと残っている。父にちがいない。母が私を抱いて、すりつぶした芋をスプーンでひとさじずつ口に入れてくれる。ものさびしくそら怖ろしい光景なのだが、思い出す度に泣き出したくなるような仄暗くなま温い懐しさがこもってもいる。

「こんなところ早く出ましょう」

と小田さんにせき立てられて、シャベルを持って階段を登ってきたが、仄暗い半地下室は、昨日からずっと不安の尾を引いている気分を、不思議に和ませてくれた。

部屋からジャンパーとマフラーと手袋を持っておりて、小田さんが探してくれたゴム長靴をはくと、私は勝手口から外に出た。表門から玄関までの道は、長いうえにわざと曲がりくねって作られているが、勝手口から裏門までは真直で短いのだ。

雪は小降りになっていた。かすかに黄色味がかった濃い灰色の雲が、まるでよじれた腸管のように気味悪くうごめいているが、風はほとんどなかった。マフラーで頬かぶりして私は人ひとり通れるだけの幅の道を作り始めた。昨夜あれだけ降ったにしては、雪は三十センチぐらいしか積もっていなかった。十センチほどの箇所もあった。激しい風が平らな箇所の雪を吹き飛ばしたらしい。建物の壁、花壇の囲い、石像の台座、樹の根元、少し大きな石のあるところなどには、吹き寄せられた雪が、うず高く積もっていた。

足跡ひとつない真白な平面に一筋の道を作る、という作業は、雪かきという実際上の目的以外の快感もあった。目のうえのマフラーの縁にたまる雪を、時々はたき落とす以外は、目の前だけを見て作業に熱中した。いつのまにか、睫にひっかかった雪片が凍っていたりした。

やっと林の端まで辿りついて、初めて後を振り返った。真直に進んだつもりの道が、かなり歪んでいて、ひとりで笑った。屋敷の建物はまわりの裾を厚く雪の土手に取り巻かれながら、白と茶褐色の複雑な斑模様になって、雪の真中に亡霊のように立っていた。蔦の蔓が密になっているところは吹きつけられて雪が残り、蔓が細くてまばらな箇所は煉瓦の地肌が露出している。いつだったかこの館を方舟のようだと感じたことを思い出したが、茫々と灰色の雪空の下で方舟は白い波に揺られ揉まれて、いまにも沈みかけている……

屋根は一面雪をかぶっていて、屋根裏部屋の白い窓枠の窓はぴたりとしまっている。まだあそこに閉じこもっていることはないだろうが、もしまだ出てきていなかったら、思いきりドアを叩いて「出てこいよ。一緒に雪かきをしよう。雪合戦でもいいぞ」と怒鳴ってやろうと思った。思いきり体を動かしたために、素直にそう言えるような気分だった。あるいはすでにあの窓から私を見ていたかもしれない。そう思うと、ちらりと顔のようなものが窓の端を動いたような気もした。

そうして雪に立てたシャベルの握りの部分に両手を置いて、小雪の向こうに薄れたり濃くなったりする建物の姿を眺めながら、ひと息ついているとき、勝手口から転り出るように走り出てくる人影が見えた。

「牧さーん」と叫んでいる。長靴もはいてなければ頭に何もかぶっていない。声は悲鳴のようで、走り方も異様だった。

一瞬心の中を過《よぎ》ったのは、霧子がどうかしたのではないか、という胸騒ぎだった。シャベルをほうり出すと、私も自分が作ったばかりの一本道を、思いきり走り出した。屋根裏部屋で彼女がどうかなっていた、などということはありうるはずがない、ない、ない、と心の中で繰り返しながら、私は走った。小田さんも二度三度つんのめりながら走ってくる。

倒れかかるようにして近づいた小田さんの体を抱きとめると、「ご主人が、ご主人が」と小田さんは喘ぎながら言った。ほつれた髪が濡れて額に貼りつき、唇が乾ききっていた。

私の方が先に部屋に入った。二階の老人の書斎である。後から小田さんが続き、静かにドアをしめた。

白い麻の詰襟服姿の老人が、脚も肘掛も背の縁も優雅に彎曲し、つづれ織りの張り布が渋い薔薇の唐草模様を浮き出している肘掛椅子に腰かけたまま、同じ様式の広いテーブルに上半身俯伏せになっていた。片手はテーブルの上に投げ出され、もう一方の手は椅子の肘掛から外側にだらんと垂れている。肉は落ちても骨の張った肩先、少しねじれて筋の浮き出した頸すじが、微動もしない。ひと目見ただけで尋常な姿勢ではなかった。

「いつもは一番早く起きてこられるご主人がいつになっても降りてこられないので、もし前のように倒れたりなさってるのではないかと……」

幾分気分を取り直したものの、小田さんの声はまだうわずっていた。

「中をのぞくとこの姿勢だったのです。全然動かれないので、そっと肩に手をかけたら、全く手ごたえがない。急いで脈をみようと、手首にさわったら……」

「ええ、ぼくも知ってる。母が死んでゆくとき、じっと手を握り続けていたら、ある瞬間から、母の体が不意に……あれは冷たいなんていうものじゃない」

心臓の鼓動がひと打ちずつはっきりと聞こえるようなのに、意識は意外に冷静だ。

「それで医者はもう呼びましたか」

「いま下で若奥さまが電話してらっしゃいます」

「じゃ、このまま手を触れないようにしましょう」

テーブルの前の窓が、なぜかカーテンを引かれていなかった。鈍い灰色の光が、艶やかなテーブルのほぼ中央に投げ出されて、指先が何かを摑みかけているような心もち内側に曲がった片手、ほとんど毛髪の抜けた頭蓋骨の皮膚、上端が尖り加減に突き出た大きな耳を、白々と照らしていた。「死とは無慈悲きわまる現実であって、どんな幻影も幻想もありえない」と、いつだったか老人が言った言葉が、ありありと浮かんだ。

急に背後で、小田さんがすすり泣き始めた。

私は少しも悲しくはなかった。自分の肉親でも、小田さんのように何十年も共に暮した相手でもないからか。そうではなかった。ほんの僅かの間に過ぎなかったけれど、私たちは親しかった。もしかすると血肉を分けた親子以上に親しかったかもしれない。少なくとも私は、実の父親以上のものを、この偶然に出会った異様な老人に感じてきた。それは肉体の生死とは別の次元の関係だった気さえする。

静かに室内を見まわした。本箱の上からはハゲワシが翼をひろげて、見下ろしていた。キング・コブラは鎌首をもたげて、主人の動かない背中を見上げている。白テンはいぶかし気に小さな首をかしげている。極楽鳥が、山椒魚が、せきれいが、いまや静かに自分たちと同じ世界に移った主人の姿を、静かに見守っていた。これまで見なれていたはずの化石の標本が、廃墟の写真が、息づいて見えた。

老人の父のように肉親や部下たちに取り巻かれはしなかったが、愛した生物に見守られながら、彼らの世界に還ったのだ、と私は思った。私自身もこの部屋を埋めている生物たちのひとつになった気持で、そっと目を閉じ軽く息を止めて頭を下げた。

「心臓マヒでございましょうね」

小田さんがしゃくり上げながら言った。

「それとも脳溢血でしょうか」

私は別のことを考えていた。自分の手で、老人はすでに機能を失いかけた肉体から、自分の魂を解放したのではないか、と。その魂がまだこの部屋の高く仄暗い天井の薄明りを漂っている気配が感じられるような気さえする。誇り高く爽やかな気配だった。最後の族長の死だ。

「あとは医者にまかせましょう」

「牧さんが雪かきをして下さってあったので、お医者さまも来られますね」

そう言われてみると、医者の来る道というより、老人の魂が出てゆく道を雪の中に刻みつけたような気がした。無意識のうちに、私もこのことを予感していたのか。予感といえば、私ではない、何かこわいことが起こる、とはっきりと口に出して言ったのは、霧子だった。その夜に大雪になることさえ感じなかった私は、あの河口の岸で、霧子がそう口走ったとき、単なる怯えの発作としか思わなかったのに。

「霧子さんは食堂に降りて来ましたか」

振り返って小田さんに聞いた。

「いいえ、きょうはまだ見てません」

急に強い不安が私を捉えた。たとえ彼女が老人の死を幾ら予感していたとしても、現実の老人の死、彼女にとって血のつながった唯一の身寄りの死が、どんな打撃をあの敏感な心に与えるだろう。この事実に比べれば、昨夜の出来事などかすり傷のようなものだ。

「失礼」と言って、私は立ちすくんでいる小田さんの傍をすり抜けると、廊下を走った。老人の遺体の現世的な処理は、私の領域外のことだった。何を企んでいようと、実際上、それは若夫人の義務である。私が老人から託された義務は、霧子のことだった。

廊下を走り抜けて階段を駆け登った。たとえドアに鍵がかかっているとしても、体ごとぶつかってでも入らなければならない。私の口から老人の死を伝えなければならないのだ。

ドアの錠はかかっていなかった。簡単にドアは開いた。老人の部屋も錠がかかっていなかったことを思い出し、かえっていやな予感がした。そっと中に入った。寝台がすぐ目についたが、カバーがかかったままだった。ドアの裏側を見、洋服箪笥の蔭も覗いたが、怖れていたような霧子の姿はない。低く名前を呼んでも、答はなかった。

窓は固くしまったままだ。ひっそりと降っている細かな雪が見え、古くなった放熱パイプを苦しげに流れるスチームの音だけが、かすかに聞こえた。椅子の背に長い髪の毛が一本残っていた。何となくそれを指先でつまみあげた。幾分茶色がかった細くしなやかな毛だった。俯いた顔を上げながら前に垂れかかる長い髪を後に戻すときの、霧子の指先から手首にかけての記憶が浮かんだ。指は関節が小さく、手首には細かな静脈の青い線がいつも透けて見えた。それがいまひどく自分には貴重なものに思えた。

そっと髪の毛を机の上に戻して、もう一度室内を注意して見まわしてから、屋根裏部屋を出た。行きちがいに食堂に降りたのかもしれない。昨夜から意識の裏をちらついていた一番不吉な彼女の姿にぶつからなくてすんだことに、幾分安堵はしたものの、不安はいぜん濃く尾を引いている。

食堂には、二人分の茶碗と箸がテーブルの上に用意されたまま、人の姿はなかった。隣の居間で、電話をかけ続けている若夫人の声だけが聞こえる。気取った言葉遣いだが、声はさすがにたかぶっていた。医者はもう呼び終わって、老人の以前の仕事関係の人たちに知らせているらしい。

声が一応途切れたところで、私は居間に入った。霧子を見かけなかったか、と私は静かに尋ねた。

「霧子ですって？　こんなときに。あなたはそんなことに気を使ってるの」

若夫人は急な事件によってかきたてられた気持の動揺を、一挙にぶつけてきた。

「あの子が何してるかなんて気を使ってたら、こっちまでおかしくなるわ。それよりあなた、あなたが父を殺したようなものよ」

まだまともに化粧していない顔は、目尻にしわが浮き出して、皮膚は鈍く艶がない。

「きのうの夜、客間でいい気になって暖炉を燃やしたというじゃない。そのあと年寄が冷えた廊下をのろのろと歩いて、ぼろスチームしかない部屋に坐りこんでたら、脳溢血になるのは当り前じゃないの。どうせ先の長くはない老人ですよ。でもここで死んでなどもらいたくなかったのよ。この手で死体を持ってお棺に入れるなんて真平だわ。病院で死なせようと思ってたのに、あなたがこんなへまをしたのよ」

彼女なりの仕方で老人の死にショックを受けているらしいことに驚きもし、意外でもあった。やっと死んでせいせいしたわ、と落ち着き払って薄笑いでも浮かべていたら、かえって素晴らしいのに、とそんな思いが心を過った。

「警察にも届けなくちゃならない。お通夜も葬式もしなければならない。そう、もう近くの人たちはやってくるわ。化粧も着換えもしなければ」

そう言いたいだけ言うと、若夫人は足早に部屋を出て行った。

私も食堂を抜けて廊下に出た。この広い屋敷のどこに行ったのだろう。足の向くままに廊下を幾つも曲がり階段を登っては降り、目につき次第のドアを次々と開いた。浴室もトイレも開けてみた。幾度も庭も眺めおろしたが、私が雪をかきのけた小道が一本通っているだけで、足跡はどの方角にも見えなかった。雪はいぜん力無く降り続いている。胸が息苦しい。

屋敷の中は静まり返っていた。雪空の光は弱く、薄暗い電灯をつけると、鈍い灰色と黄色の重なった光は余計陰気になるのだった。一体霧子はどこに行ったのだろう。薄暗い廊下の迷路と埃くさいがらんとからっぽの部屋部屋を歩きまわりながら、いよいよこの屋敷も壊れてゆく、という実感がひしひしと沈みこんでくる。天井の漆喰の亀裂、壁紙のしみがしきりに目につく。廊下の腰板のニスが剝げている。窓枠はがたがたにゆるんでいる。雪の重みで煉瓦のつなぎがじわじわとゆるんでゆく気配が、肌にしみこみ溶けこんでくるのだ。

何度目か玄関のところに戻り、客間に入りこんでいた。暖炉の前に立った。昨夜の薪の灰が美しく白くなって積もっていた。老人が最後に立ち上がりながら置いたままの位置に、鉄の火かき棒が、先に灰を付けたまま、冷えきっていた。

急に激しい感情がこみ上げてきた。老人が死んだのだ、ということに、初めて心が震えた。悲しいとは思わないのに涙があとからあとからと頰を伝って、絨毯に滲みひろがった。それまで全く見ず知らずの私を招いて、住まわせてくれた。私の身の上をとくに聞きもしなかった。ありのままの私を受け入れてくれた最初の、そして恐らく最後の他人だろう。昨夜ここで薪の火を見つめながら、ふたりで黙って坐っていたときの不思議な安らぎが、もう永久に戻ってこないものとして胸をしめつけた。かつて過去のどこかで老人は私の父だった、と言った。いつか未来のどこかで再び私たちが出会うことになるかもしれない、いや必ず出会って再び並んで薪の火を見つめるだろう。それまで幾つもの生でつけ加えたつらいあるいは楽しい経験を語り合えるだろう。その通りだよ、という老人の声が暖炉の奥から答え返すような気がした。

「きびしい時代がまた来るだろうが、いのちの火は消えない。形あるものは、道具も街もこの屋敷もいつか崩れるだろう。だがどんな廃墟からも、人間は繰り返し立ち上がれるのだ。ひとつのいのちは背後に生命の全体験をになっているのだから」

私の心を通して老人の声が語っていた。私は何も考えないのに、次々と言葉がにじんできた。灰の前に立って、私はその声を聞き続けた。涙がひとりでに流れて落ちた。

霧子はあそこにいる、と不意に気づいた。老人がそっと囁きかけたようだった。もう走らなかった。確信に近い予感があった。

台所を通るとき、食堂と居間の方がざわめいていた。医者か知人たちが駆けつけ始めたようだった。若夫人の気取った声が聞こえた。だが私は台所を通り過ぎて、地下室への階段を降りた。足音が一歩ずつ反響した。

通路には裸電球がひとつしかついていない。スチームのパイプが何本も頭上を通っている。

どこかで、水が滴り落ちる音がする。埃と錆とボイラー室の重油のにおい。朝方、シャベルを持ち出した部屋の、鉄板のドアを開けた。静かに開けたつもりだったが、錆びた蝶番がきしんで鳴った。

薄暗かった。吹き寄せられた雪に閉ざされた高い窓だけが、雪の白さでぼんやりと仄明るい。目が慣れてくるにつれて、雑然と積みあげられた古道具、木材、板、むしろの類が見えてきた。用心して足を運んだ。何かに躓きでもすると、途端にあらゆるものが崩れてくるような気がした。

名前を呼んだりはしなかった。注意しながらがらくたの山をまわりこんで、雪の窓の下の方に近づいていった。そこに霧子がいた。スプリングのとび出した古いマットレスの端に浅く腰をおろし、両手できつく、立てた膝を抱いて蹲っていた。何となく白い薄地のガウンを着て震えている彼女を想像していたのに、黒いスラックスに白っぽいセーターをちゃんと着こんでいた。ほっと安心しかけた。

だが私が傍まで歩み寄っても振り向かなかった。身動きさえしなかった。セーターの背を向けたまま、俯き加減に前の壁を見つめ続けている。意固地に私を無視しているのか、自分の中に沈みこんでしまって本当に気がつかないのかわからない。

どのくらいだろうか、時間の感覚がここでは妙に稀薄だ——私も黙って彼女の傍に立っていた。意外に乱れていない少女の長い髪の毛の一本一本が、次第に雪明りの中に浮き出して見えた。

「おじいさんが死んだよ」

とだけ私は言った。何の反応もなかった。

そろそろ上はごった返しているだろうが、ここで聞こえるのは、間をおいて通路に落ちる水滴の音だけだ。

霧子は一体何をそんなに一心に見つめているのだろう。俯いた視線の先を改めて眺めた。剝き出しのコンクリートの壁の隅に、小さな虫のような黒っぽいしみが、ひとつぽつんとついていた。

第四章　洪　水

XII

春先の不意の大雪は溶けるのも早かった。一日たった午後に、庭の芝生、舗装された道の表面、南向きの屋根が姿を現わし、三日後の葬式の日には、林の奥と石像の台座の蔭と建物の壁際に、風に吹き寄せられた堆積の名残りがわずかにそれとわかる程度になった。

地下室の窓を埋めていた雪も、ほとんど消えた。少し背のびをすると、ちょうど地面すれすれに外が見える。窓枠には鉄棒が並び、ガラスも網の目状に細い針金が埋めこんであるうえに汚れきっているのだが、すぐ前を次々と脚が通り過ぎてゆくのがわかる。靴と黒ズボンの裾の方、踵の高い靴に黒のストッキングをはいた女性のふくらはぎの部分、それに時折、草履ばきの和服の喪服の裾も通る。窓は玄関のすぐ脇のあたりにあるらしい。

昼過ぎると、脚の列はさらにふえて動きが遅くなり、それほど広くない窓は、靴とズボンの裾、形よいあるいはずんぐりとふとい黒ストッキングの脚で埋まった。通夜の時はごく近い関係者だけが集まって意外にささやかだったが、葬式となるとさすがに大変な会葬者である。私は完全に隠棲してしまった老人しか知らなかったが、その前は想像以上に広い世間的活動をしていたことが、その脚の列で改めてわかった。

告別式は午後の一時からと聞いていた。

「もう時間がない。早く着換えて葬式に出なければ」

すでに朝から何度言ったかわからない言葉を、霧子に向かって言う。

「そのためにぼくも会社を休んだんだ。ぼくはいいとしても、霧子はおじいさんの唯ひとりの血縁じゃないか」

だが霧子はセメントの袋に腰をおろしたまま、返事しないどころか私の方を見向きもしない。老人の死んだ大雪の日から、少女はずっと地下室にこもったままだ。私と小田さんが幾ら頼み、なだめすかしても、絶対に出ようとしない。その頑さに、若夫人は声も体も震わせて幾度も大声をあげたが、何の反応もなかった。膝を抱いて蹲っては、壁や床や何かがらくた道具の一箇所——たいていしみがあるとか、ひび割れとか、妙な突起物のあるような箇所を何時間でもじっと見続けているのでなければ、積みあげられたがらくたの山と山の間や窓の下のわずかに開いた床の上を、同じ動作でただ行ったり来たりするだけである。

小田さんが食事を運んでくるが、ほとんど手をつけていないという。会社に出勤の前と帰ってからはほとんど真夜中まで、私はここに降りてきて一緒にいるのだが、寝た形跡さえない。小田さんが壊れた古マットレスの上に、まともなマットレスをおろしてきて重ね、枕と、毛布を何枚も運んできて、一応ベッドらしい形を整えた。だが少なくともそこでは寝ていない。全然眠らないということはできないだろうから、蹲ったまま少しは眠っているとしても、ひどい痩せようだ。小さ目の顔がいっそう小さくなって、目がますます大きくなった。その目がほとんど動かないのだ。顔も手も皮膚が青白い、というよりほとんど透きとおるようになって、繭をつくり始める前の蚕のようだった。

実際、われわれの目には見えない繭を自分のまわりに張りめぐらして、霧子はその中にひっそりとこもってしまった具合だ。

初めは口がきけないほど悲しみと頼りなさに打ちひしがれているのだろうと思ったが、自分から話ができないだけでなく、私たちが語りかける言葉も、いや声さえも、彼女には聞こえていないのではないか、と思い始めた。いまも葬式という改まった場所に出たくないからではなくて、これから葬式だということを、私と小田さんが朝から繰り返し言いきかせてきたにもかかわらず、彼女にはそのこと自体全く伝わっていないかもしれないのだ。

だが痴呆的な無関心、知覚の鈍麻という印象とはちがう。姿勢も表情も視線さえもほとんど動かないが、その不動性は弛緩よりむしろ強すぎる緊張の印象である。自分だけの内部の強い情動に巻きこまれてしまっているのか、あるいはまわりの一切が、皮膚に直接触れる空気までが、電気のようなものを帯びて絶え間なく刺激するのか、冷え冷えと重く溶けかけた半ば液状の透明な岩石が彼女を閉じこめてしまっているのか。彼女の体のまわりには極度に張りつめたものがあった。

窓から薄い光が、がらくたの道具や家具の雑然と積み重なった埃っぽくほの暗い空間をおずおずと通り過ぎて、ちょうど前屈みに蹲った少女の肩のあたりを、背後から斜めに照らしている。セーターの地は厚そうなのに、肩甲骨の尖り具合がわかる。以前からほっそりと長目だった頸が、いっそう細く蠟のように半透明の白さだ。裏から照らされた片方の耳だけが、かすかに紅を帯びて小さく不思議な一匹の生きもののようだった。影はコンクリートが剝き出しの青黒い床に吸いこまれるように消えている。

鉄板のドアが急に外から勢いよく押し開けられて、若夫人が息を弾ませながら入ってきた。和服の生地の種類などわかるはずもないが、見るからに上質そうな喪服がしっとりと黒く、胸高にきりりと巻かれた黒帯の地がいかめしく光って、一瞬はっとするほど凄味のある美しさだ。足早に霧子のすぐ前まで近づいて立ちはだかると、早口に言った。

「あれだけ言っておいたのに、とうとう出ないつもりなのね」

霧子は顔を上げようともしない。丹念に化粧された若夫人のこめかみが、ひくっと震えた。にらみつけるように霧子の全身を眺めおろしていたが、急に甲高く笑った。

「いいですよ。これで、あなたがおかしいと世間の誰もがよくわかるでしょうよ。小学生だって家族の葬式にはちゃんと出席しますからね。願ってもないことだわ。このまま本当におかしくなってくれれば、ここの全部がわたしだけのものになる」

若夫人は胸をそらすようにして一気に言った。うわずったその声が、厚い壁と天井にはね返り、老人の急死以来気味悪いほど若返ってきた若夫人のみずみずしい生気が、濃い化粧のにおいとともに、閉ざされた地下室の中を濃く充たした。

だがそんな若夫人の前でも、あわれに瘦せ細って黙りこんだ霧子の体が、少しも貧弱には見えないのが不思議だ。

「牧さん、あなたもあなただわ。こんな小娘ひとり言い聞かせることができないなんて。結構な家庭教師だわよ」

何か言い返さねば、と思ってあわてでる間に、霧子がセメント袋に腰をおろしたまま静かに顔をあげた。

「何よ、何か言うことがあるの。あるならおっしゃい、はっきりと」

若夫人は後ずさりするような姿勢で身構えた。

ゆっくりと顔を起こした霧子は、下から若夫人をじっと見上げた。膝を抱いていた両手がひとりでに両わきに垂れる。だがその表情は少しも変わっていない。若夫人の顔をただ見つめるだけだ。壁のしみやがらくた道具を眺め続けているときと、全く同じ目付で。

何秒か息づまるような、ひやりと緊迫した沈黙が続いたと思うと、この三日間で初めて霧子が口を開いた。

「誰ですか、このひとは」

低いが澄んで落ち着いたいつもの霧子の声だった。

若夫人の表情がこわばり、びくっと上体を後に引いた。何か言おうとして鮮やかに口紅をぬった唇が震えたが、そのまま体の向きを変えて小走りにドアの方に向かった。鉄のドアのきしみ閉じる音が、ぺたぺたとコンクリートの床に吸いつきながら遠ざかる草履の音に覆いかぶさるようにひびいて、やがて元の荒涼たる静寂に戻った。

窓から射しこむ薄陽が、翳ったり幾分明るくなったりする。窓の外を、膝から下だけの脚の列が重なったり途切れたりしているのだった。黒いズボンとストッキングの列の間から、葉の落ちた褐色の林と冴えた午後の青空の一部だけがひどく遠ざかって見え、自分でもよくわからない憂愁の思いが強く心にしみこんできた。

「牧さんが召し上がって下さい。たとえ半分でも」

霧子が全く手をつけなかった食事の盆を、私がよりかかっていた古い大型の革トランクの上に置きながら、小田さんが言う。

「お嬢さまがこう全然召し上がらないことをごらんになったら、若奥さまはきっと……」

「入院させる……」

「そこまではなさらなくとも、きっと医者をお呼びになるでしょう」

霧子はもう全く他人の話を理解できないかもしれないのに、私たちは霧子の方を背にして声をひそめて話し合う。

「ぼくもほとんど食欲がないんだけど、食べるよ」

葬儀を手伝ってくれた人たちのために特別に注文したらしい豪華な折詰の料理だった。日頃は駅弁や折詰がとても好きな私なのに、本当に食欲がなかった。だが無理しても私が食べることが、霧子の体を幾らかでも元気づけられるような気分を不意に覚えて、私は食べ始めた。

小田さんは背の部分の布張りがぱっくりと裂けた肘掛椅子を私のすぐ前までそっと押してくると、ぐったりと坐りこんだ。霧子は先程小田さんが上体を抱えて移した急造のベッドの端に坐りこんでいる。通夜から葬式まで小田さんはほとんど眠る間もなく働き通しだった。葬儀の準備や進行は老人が以前会長を務めていた大きな会社の人たちが葬儀屋を指揮して手伝ってくれたらしいが、若夫人が化粧や着付に長い時間をとっては、来客たちとほとんど浮き浮きと興奮して応待している間、実際の中心は小田さんだった。色白の豊かに張った皮膚が目に見えて艶をなくし、両目の下に濃く隈《くま》ができている。

黙って私が食べるのを見守っていたが、やがてひとり言のようにぽつりと言った。

「これからどうなるのでしょうねえ、このお屋敷は」

日が落ちてからもしばらくはここまで伝わってくるほどざわめいていた上の方の気配も、葬儀用の諸道具を積みこんだトラックが先程出ていってからは、すっかり静まり返って、広い地下室にひとつだけかろうじてついている埃だらけの蛍光灯の放電管がじりじりとたてる断続音が、はっきりと聞こえるほどだ。雑然と積み上げられたがらくたの表面は積もった埃が青白く光を吸い取り、蔭の部分は穴があいたように深々と暗い。ドアのすぐわきに並べられた鍬やスコップ、とくに枯草の束を突き刺す大きなフォークのような農具の尖端だけが、ひどく不気味に光っている。屋敷の終末はもはや不安な予感ではなかった。いまやじわりと剝き出しになった不安そのものの素顔から、強いて顔をそむけるように私は折詰に屈みこんで、上質の味を味わう心の余裕もなく、ただ黙々と嚙み続けた。

「奥さまや霧子さんのお父さまと妹さんたち、霧子さんのおばに当る方たちですがふたりとも若いうちにお亡くなりになって、その方たちがみないらした頃は、それはにぎやかで明るいお屋敷でしたのに。霧子さんが生まれたときのお祝いの素晴らしかったこと。庭で仕掛花火まで射ち上げたんですよ。いまでも目に見えるようですわ。それなのに……」

小田さんはそっと肩越しに背後を振り返るが、ベッドの上に蹲った霧子は、蛍光灯の青白い光に半身だけ照らされて俯いたまま、眠っているのかどうか、ぴくりとも動かない。古くなった放電管のじりじりという音が高まったり途切れたりする。

大きく肩で息をついて向き直った小田さんが、今度は私の顔を覗きこむようにして言う。

「わたしたちは一体どうなるのでしょうか。わたしもあなたも、ご主人にここに住んでくれと頼まれてきたのですから。いずれ出てゆかねば。若奥さまは明日にもそうおっしゃるかもしれない」

「わたしは法律のことはよくわからない。霧子さんが正式の相続者のはずだけど、霧子さんが未成年である限り、若夫人が実際の力を持つだろうと思う。だけど、……」

かつて老人が私の手をしっかりと握って囁いた言葉、そのときは長く生き過ぎた老人のうわ言としか思えなかった言葉が、不意にまざまざと甦った——霧子は遠い過去におまえの妹だった、そしてその国では妹は妻だったのだ。

荒れて乾いた高原、いじけた草むら、汚れた羊の群、その彼方に剝き出しの暗褐色の岩の丘が重なり合っていて、さらにその頂に、岩から削り出したような巨大な建築物が聳え立っている。城か宮殿のようだが、荒れた野と、丘の蔭に押しひしがれたようにかたまっている小屋のような貧しい人家らしいものに比べると、それはあまりに壮大で、威厳にみちて、しかも何か奇怪だ。釣合いとか安定感とか重力への配慮といった法則的なもの、まともな感覚が無視されていて、まるで現在のわれわれとは全く異質の意識と感覚で、いやもしかすると正銘の狂気かとてつもない気まぐれで、巨大な岩の積み木を寄せ集めて積み上げたようだ。しかもその奇怪な宮殿のさらに上には、純白の雪に覆われた山々の頂の連なりが、この世のものならぬ輝きを帯びて宙空に燦然と浮かび出ている……

チベット、という言葉もぼんやりと意識の端に浮かぶが、チベットで妹を妻とするような習慣がかつてあったと聞いたことはない。ただ思いがけなく浮かんできたその光景の身近さに、私の心は不気味に震える。本当に私たちはかつてその奇怪な城の奥に暮していたことがあったような気さえする。

小田さんの疲れきって老けこんだ顔が、両目をうつろに見開いて怯えている。霧子は両手の掌をひろげて、それを見つめている。一心にかぼんやりとかは、俯いて顔が蔭になってわからない。頭上に鉄棒の並んだ窓が一面に真暗だ。古代の世界地図のように、コンクリートの壁に、しみが幾つも大きくひろがって重なり合っている。まるであの城の一室にいるようではないか。

「誰も私たちを追い出すことはできないし、たとえ出て行けと言われても出てはいけない。あの娘《こ》があのようである限り。小田さんは出てゆけますか。私はできない」

そう私は低い声で、だがきっぱりと言う。私の中で、私ではない誰かがしゃべっているようだ。

「夜はできるだけ私がここで一緒にいるようにしますから、昼間はお願いします」

「そうですね、そうしかありませんね」

小田さんは自分に言いきかせるように幾度も繰り返した。

「急にいろんなことがあって、老人の死だけでなく……」

私は言い淀んだが、小田さんはほつれ毛をかき上げながらそっと口をはさんだ。

「存じてますよ」

「それならよくわかってもらえる」と私は顔が赤らむのを覚えながら言った。「いろんなことが一時に起こったショックで、こんな状態だけど、もうそろそろ回復するでしょう。自分からここに閉じこもってくれてかえってよかったかもしれない。いろんなごたごたを見たり聞いたりしないですむ。本当にひどいところだけど」

「わたしもできるだけのことをします。先の若奥さまが亡くなられてから、いまの若奥さまがこられるまでの何年間も、お嬢さんはわたしが育てたんですよ」

目に見えて元気を取り戻した声でそう言ってから、小田さんはさびしそうに微笑した。

「他にひとりも身寄りはないんです、わたしは」

「ぼくだってそうですよ」

横の身寄りはなくても、いわば時間の奥に、私自身の内部に、縦の身寄りがあるのではないか、という感触を覚えた。蛍光灯がまたじりじりと音をたてて光線が震えた。

放電管を買わなければ、と私は思った。新しい光への飢えのような憧れを覚えた。


一週間たった。あの大雪を最後に、外は日ましに春の気配が濃くなってきたが、霧子の状態は期待したほどは変わらなかった。

食事は少しずつ口にするようになったそうだが、一日に一度ぐらい。前から食物は偏っていたが、それがさらにひどくなって、どうやら自分から食べるのは、半平《はんぺん》、蒲鉾、ババロア、お粥くらいしかない、と小田さんは訴える。

「白くてやわらかいものばかりですね」

「そういえば、お雑煮をつくってあげたらお餅をよく食べましたよ」

霧子が無意識のうちに求めているものがぼんやりとわかりかけるような気もした。物ごころついて以来、彼女から次々と消えていったもの——現実には生みの母、父だが、その背後にはもっとほのぼのと大きくやわらかなものの感触がひろがっている。すべてをそのままに受け入れ、溶かしこみ、新しく生まれ変わらせる白々となま温いもの。霧子のことを考えているつもりが、いつのまにか私自身、心の奥で求めている幻になっているのに気付いて、はっとする。

霧子は小田さんが抱きかかえてベッドに寝かせてやると、眠るようにもなったという。だがもう寝ついただろうと思って小田さんがベッドのそばから立ち上がりかけると、ぱっと目を開いてしまうそうだ。

「一日中、お嬢さまのそばばかりにいるわけにもゆきませんので」

と小田さんは心苦しそうに言う。

しかし夜は私が幾ら遅くまで一緒にいても決して寝ようとはしない。一杯に目を見開いて天井を見つめ続けている。まるで根比べのように真夜中の十二時、一時、二時過ぎまで、私はベッドのわきに革トランクを引きずってきて腰かけているのだが、私の方がどうしてもうつらうつらし始める。そのまま半睡状態で朝を迎えて、あわてて出勤することが幾日もあった。

相変わらず霧子は口を開かない。だが私が夕方、地下室に降りてくると、振り向きはしないが、彼女の体全体のこわばりがふっとゆるむように感じられる。夜更に余りに疲れた私が自分の部屋にあがって寝ようとして地下室を出ようとすると、顔からすっと血の気が引いて、ほとんど石膏の顔のように表情が消える。時に私が彼女から視線をはずして放心状態でいるとき、ふと横顔のあたりに強い視線を感じて振り向くことがある。そういう瞬間、何か言いたげに霧子の口もとが動きかけることもあるが、言葉も声も出てこない。彼女の意志以上のものが彼女の口を、心を閉ざしている……

幸いなことは、若夫人（というよりもはや女主人と呼ぶべきだろうが）が連日のように真剣な顔で忙しく出たり入ったりして、霧子のことなど全く念頭にない状態だったことだ。電話がしきりにかかってくる。昔の友人知人よりむしろ弁護士とか税務署とか株屋とか銀行とかそんないわば公的な電話の方が多いようだが、受話器を取り上げた瞬間に、体の中に灯がついたように表情が内側から輝き出し、声まで生き生きと高くなって彼女のめっきり若返った顔はいっそう生気を帯びるのだった。

私と小田さんのことも全く触れない。小田さんは一度、恐る恐る家計について新しい女主人に相談しようとしたが、「いままで通りにお願いしてよ」と機嫌よく言っただけだそうだ。

もちろん私の部屋に夜中に忍んでくるようなことはふっつりとなくなったし、最後の夜に熱心に口にした結婚云々の話など二度と口にしはしない。そんな迂遠な策を弄さなくても、彼女自身の言い方を借りれば「元を取る」ことができたことになろう。恐らく彼女が期待していたより何年か早く。そうした変化は当然のことで私は少しも驚きはしなかったが、本当に意外だったのは、いまや外側の事態に全力を傾注し始めたにもかかわらず、そして私という存在の利用価値もなくなったはずにもかかわらず、急いで会社から戻ってくる私と、急いで外出するらしい彼女と、ばったり玄関先で出会ったりするとき、実に自然な媚びをこめて笑いかけることだ。食堂の入口ですれちがったりするときも、さりげなく腰をひねって私の体と触れるようにする。むしろ彼女自身の意志に反してさえ、ひとりでに働いてしまうらしい彼女のそんな精力に、私は嫌悪とともにまぶしいような現実感を覚えてしまう。血の気の失せた少女とともに地下室に閉じこもろうとすることが、一瞬妙に非現実的なことのようにさえ思いかける。

同じように、はっと自分自身を眺め返すような気持になることが、会社でもしばしば起こるようになった。夜毎の睡眠不足から書類を間違えたり同僚や上役から呼ばれても気付かなかったりして、嫌味や小言を言われることがめっきりふえたのは、意外に何ともなかった。逆に時折、自分でも意識しないうちに仕事のリズムに乗って、思いがけなく早く面倒な仕事が片付いたり、企画会議でいいアイディアを述べたり、意外なところから調査の結果を評価されたりしたとき、自分からもうひとりの自分がすっとずれてゆくような、あられもない方角にふらふらと漂い出てゆくもうひとりの自分の影薄い背中をありありと見るような気持に襲われる。

それは足の爪先から冷たい硬直が徐々にのぼってくるような奇妙な感じだ。電話のベルや同僚たちの笑い声や海外支店からのテレックスの音がひびき返るオフィスの中を、半透明の後姿はすっと遠ざかってゆくのだが、あの方が本当の自分なのだ、と感じながら、ビルとビルの間の深い谷底のような通りの上の、七階のオフィスの広く厚い窓ガラスをすり抜けてゆく自分を見送っているのである。

勤務時間を終えて会社の玄関を出たとき、いつものように急いで帰る気がしなかった。あたりじゅうに十階二十階のビルが立ち並んでいる。この間まで同じ時刻に玄関を出ると空は暮れ切って、ビルの窓に並んだ蛍光灯の列が寒々と見えただけだったのに、いつの間にか日が長くなっていた。そそり立ったビルとビルの間に、暮れ残った西の空が見え、鋼鉄のように黒々と磨きあげられたビルの表面が、かすかに薄赤く色づいていた。玄関の階段の途中に何となく立ち止まっているとき、目の前で街灯が、次々にぽっとついた。昼と夜の境目の、昼でも夜でもない不思議な時間だ。

ふっと荒尾のことを思い出した。

もうしばらく会っていない。通夜や葬式のとき来ていたにちがいないが、ほとんど霧子のそばにいた私は、彼に出会っていなかった。だが最初に貰ったはずの彼の名刺は部屋の机の中のはずだし、これまでこちらから彼に連絡する気になったことはなかったので、手帳に電話番号も控えていない。たとえ番号を控えてあったとしても、彼が会社の机におとなしく坐っているとは思えなかった。もちろん自宅も知らない。大体どこあたりに住んでいるのかも聞いたことはなかった。

考えてみると、彼について全然といってよいほど知っていないのが改めておかしい。彼の方は私のことを、会社から前のマンションの部屋まで知っている。子供がふたりか三人に女房も三人いる、と威張っていた彼の生活について、実際に知っているのは、屋敷町に近い国電の駅前の通りに「女のひとり」が出しているという飲み屋だけだ。

盛り場とはちがう静かな通りで、スナックやレストランや焼肉屋は幾軒もあっても、飲み屋は他に見当らないので、一度しか来たことはないのにすぐわかった。まだ時間が早いせいか、学生風の若者が三人ほどおとなしくビールを飲んでいるだけだった。

空いたテーブルに坐ると、顔色の悪い痩せた中年の女が大儀そうに注文を聞きにくる。狐みたいな女だな、と前に感じたことを思い出す。荒尾のようにぬめりとした図々しく生活力の逞しそうな男が、どうしてこんな陰気な女を気に入るのだろう。喘息か婦人病の持病でもあるような感じだ。

ビールと簡単な料理を注文してから、荒尾は来るか、と尋ねた。

「他にどこに行くところがあるんです。そのうち現われるでしょうよ」

あまりきれいとは言えない台拭きで、しみだらけのカウンターの上を手荒く拭きながら、女主人は不機嫌な口調で言った。

一時間ほど待った。その間に学生たちは帰り、新しく一組の男女が入ってきただけだった。女主人は客が出入りするか、声をあげて新しい注文を告げない限り奥から出てこない。天井は低く壁は煤けて、どうみても繁昌しているようには見えない。次第に気が滅入ってくるし、荒尾も現われないので、私は帰ろうとして、お勘定を、と声をかけた。

出てきた女主人は、勘定を告げるかわりに「お客さん、牧さんだろ」と言った。私が驚いた表情をすると「荒尾がよくあんたのことを話してるからね。顔は前に一度来たときに覚えたよ」と答え、とがった顎をしゃくって「奥で待ってなよ」と言う。言い方は荒っぽく動作もぶっきらぼうだが、見かけほど悪い女ではないようだった。

奥といっても、戸棚や簞笥の上に天井までいろんな道具が積み重ねられた狭い部屋で、週刊誌や競馬新聞がまわりにちらかっている。その間に座布団を置きながら、「もう帰ってくるよ」と女主人は言った。壁に細く縦縞の入った黒の上等そうな背広がかかっている。荒尾がよく着ている服だ。

テレビの音がすると思ったら、奥にもうひとつ部屋があって、灯を消した暗闇の中にテレビの画像だけがついている。ロボットの出てくる子供向け番組で、その前にふたつの小さな黒い影が、並んで蹲っていた。なぜ灯を消してテレビを見ているのかはわからないが、頭の格好からそれが荒尾の子供たちだと直観した。

間もなくのれんを両手で分けて、肩の厚い荒尾の姿が現われた。女主人はちょうど店の方に出ていたが、私が来ていることは聞いてなかったらしい。一瞬荒尾は驚いたというより怯えたような表情になったが、すぐ慇懃でふてぶてしいいつもの荒尾の顔に戻り、ちゃぶ台をへだてて私の向かいにどかりと坐りこんだ。

「この商売、いや女房の商売ではなくおれの方だが、浮き沈みが激しくてね。いまはどん底だ。狭くてすまん」

虚勢を張るのでも卑下するのでもなく、自然な薄笑いを浮かべながら言った。

「そろそろ会えるころだと思ってた」

「ぼくもそう思ってたよ」

私も微笑した。どうやらここが「女のひとり」の店ではなく荒尾の家らしいと気付きながら、私はそれほど驚いていない。

「初めはおれのような人間と口をきくのもこわがってたのに、自分から家まで乗りこんでくるようになったじゃないか」

「何となく来てしまったんだ」

「でもいいことだ。いい体験になっただろ。おれの方は元の木阿弥だけどな。あの老人、もう一年はもつと踏んでた。その間におまえを通して信用してもらうこともできると思ってたんだが」

それくらいのことは覚悟していたから、少しも不快ではなかった。むしろあれだけ努力しておきながら、さっぱりと諦めているらしい断念のよさに驚く。死ぬ直前に老人が、荒尾に何か礼をしなければ、と言っていたことを伝えようかと思ったが、根拠もない期待をもたせてはいけないと考えて黙っていた。

「でもおもしろいじいさんだったな」

「初めは恐ろしかったが、よくしてくれたよ。自分の息子みたいに。ぼくがおやじがいなかったから余計そう感じたのかもしれないが」

「おれもあんたがあんなに気に入られるとは予想以上だった。余程深い因縁があったんだなあ」

そこで荒尾は店に出ていた女にどなった。

「打ち上げだ、店なんかしめちゃって、あるだけのものを持ってこい」

「何言ってんのさ。すごい大山を当てるんだとか言ってさんざん持ち出しといて、何が打ち上げだよ」

「そう言うな、またいいこともあるさ。こんないい友達もできたんだ。おまえも来て飲めよ。こいつはいい男だろ」

口では毒付きながら、女は小さなちゃぶ台一杯に次々と料理を運んだ。ビールを何本もあけた。

「本当におれなんか苦労したもんだ。若いころだけどな、くそにもならんような斜面の土地を売りつけるためにさ。ハイヤーに乗せてお客を連れてゆく、一張羅の背広を着て、いきなりお客の目の前で、ごろごろと斜面を転ってみせるんだ、そして止まったところで、顔の前の地面の土を、ひとつかみ握って口にほうりこんで飲みこむんだ、ああ、うまい土だ、とどなってね」

この男の話は調子よくなると作り話めいてくるが、黙って聞いている。

「お客はその気迫にのまれちゃうんだな、これだけのことをする人の言うことなら本当だろう、と。実はいつ水道が引けるかわからないような土地なんだけどな」

「凄いよ、あんたは」

「あんたなんか夢にも考えられないようなことが幾らでもあるさ。だがなあ、おれが言いたいことは、そんなばかげた苦労話じゃないんだ。そんなことって、やってる本人が一番むなしいんだ、うまく引っかかればかかるほど、何ともいえないむなしい思いなんだなあ。これが現実だ、だが生きるっていうのは、こんなことじゃない、と痛いように感ずるんだ。イヌのくそまみれの土くれを口一杯のみこんでも下痢ひとつしないような体になるとだな、おれには魂があるんだ、なければ動物じゃないか、とわかってくる。そういうものさ。あの老人も、おれが想像するに、中年のころはうんと悪いことや汚いことをしてるぞ。そうでなければ、あんなにおかしくはならん」

「自分でもそう言ってたよ」

「言えないようなことも一杯やってるさ。それでいいんだ。おれがあんたをあの妙な屋敷に送りこんだのも、商売だけじゃなかった。おれの代りにあんたを屋敷深く送りこむ気持だった。あの妙な屋敷の奥には、心の奥にひびいてくる何かがあるような気がしたからだ。あんたはまあ期待以上にうまくやってくれたよ。ただ計算通りに何でもうまくゆくわけじゃない。もう一年いや半年、老人が生きのびてくれてたら……だがもうやめよう、あんたも元のマンションに戻るんだろ。いま貸しているやつは、おれがうまく追い出してやるよ」

「いや戻らないよ」と私は静かに言った。

「何だって」

ちゃぶ台に肘をついて崩れかけていた上体を、荒尾はゆっくりとおこした。

「娘がよくないんだ。いろんなショックで前より悪くなってる。地下室に閉じこもって出ようとしない」

「病院に入れたらいいさ」

だと思う」

「それほどじゃない。完全にひとりぼっちになって、少し強く自分の中に逃げこんでいるだけだと思う」

「それは医者の決めることさ。あんたの責任じゃない」

「いや幾らかぼくにも責任がある、事情は言いにくいけど」

「これからも家庭教師を続けるのかね。雇い主はいなくなったんだ」

「家屋敷が全部、若夫人のものになって、若夫人から出て行けと言われれば仕方ないけど」

荒尾の顔に薄笑いが浮かんだ。幾らか赤味を帯びた両目で、私の目を覗きこんだ。

「あんた、まさか、本気で、惚れたんじゃないだろうな」

一語ずつ区切りながらゆっくりと言った。冷かしている目ではなく、むしろ怯えの色があった。

「あの少女には、怖ろしいような何かがあるんだ。ぼくがひるんでいるところを、彼女は進んで行ってしまった。ぼくたちは同じものをなくしている」

霧子が餅を涙を流しながら食べるということを思い出したが、説明するのは面倒だった。勝手に思いつくままにしゃべった。

「ぼくたちだけじゃない。世界からそれはもうなくなっているんだ。はだしで歩きまわる露に濡れた大地などはもうないんだ。コンクリートだ、硬くてざらざらの。この店の土間だって本当の土じゃない。まああんたは土を食べてきたそうだけど、エア・コンディションの空気を吸ってコンクリートの中を生きてゆく新しい人間がいま生まれかけている。目もくらむようなこわい世界だよ。彼女は自分でも気がつかないで、その世界に入りかけているんだ。ぼくはただ怯えているだけなのに」

「口では何とでも言える。だけどあんたの役目は終わったんだ。これ以上深入りするな。それはあんたの力を越えてる。自分までなくしてしまうぞ」

上体を起こした荒尾の態度にも声にも、迫力があった。屋敷を初めて訪ねたときも、家庭教師を頼まれたときも、移り住んだときも、荒尾のそんな底深い力に牽かれるようにして、私は決心してきたことを思い出した。今夜、荒尾に会いたいと思ったのも、さらに霧子のそばに残る、という自分の意志を、恐らく彼に裏付けてもらいたかったからにちがいないのだ。いや、私は自分の新しい決心を、本当は信じていないからかもしれない。事実、会社と地下室との両方で、私の心身は疲労し始め、しかも霧子の状態はよくなっていない……

嘔気がこみあげてきた。いつのまにかビールを飲み過ぎている。歯を嚙んで胃のあたりからゆっくりとのぼってくるものを押し戻す。血の気がすっと顔から引いてゆくのがわかる。

「気分悪いのか、何しろ狭いもんで空気がよくない」

「いや、大丈夫。このところ少し疲れている」

少しゆらめきながら（私の方が揺れているのだ）荒尾の顔が見える。木目が大きく浮き出した安物の箪笥の前に、今にも崩れ落ちてきそうなほど積み上げられた様々な紙箱。脂のぎらぎらと浮いた額に幾本もしわが刻まれ始めている。鼻がふくらんで鼻毛がとび出して見える。これまで一度も気付かなかったのだが、指に印鑑の形をした太い金色の指環をはめている。これが生活というものだ、この男こそ人間というものかもしれない、若夫人とも似ているな、とぼんやり思う。ぼくたちの方が単にはみ出しているだけかもしれない、という不安がこみあげてくる。

「あんなやせっぽちの小娘なんかどこがいいんだ。もっといい女を幾らでも紹介してやるよ」

また嘔気があがってくる。

「早く逃げ出さないと共倒れさ」

その断定的な言い方に、急に憎悪に近い激しい衝動を覚える。

XIII

「こんな大事なことを、どうしてこんなところでしなければならないの」

肩をそびやかすようにして、小田さんが引き開けた鉄のドアから入ってきた若夫人は、すでに集まって思い思いの道具に腰をおろしていた私たちの顔を、ひとりずつにらみつけるように見つめてから言った。私はすでに気に入りの大型の古い革トランク、霧子は自分のベッドの端、荒尾はセメント袋、そして故老人の顧問弁護士は片方の肘を置く部分が取れた肘掛椅子に坐っていた。

「それはすでにお知らせした通り、最も重要な関係人のひとり、霧子さんの同席がぜひ必要だからですが」

老弁護士は上衣の裾についた埃を指先で払い落としながら、ゆっくりと肘掛椅子から立ち上がって答えた。

「それなら霧子を上のふさわしい部屋まで呼べばいいでしょう。こんな物置のようなところでここそとするなんて、家の恥、というより、故人に対する侮辱ですわ」

だが亡くなった老人とほとんど同年齢ではないかと思われるくらいの老弁護士は、落ち着いたものだった。

「故人への侮辱云々については、故人と半世紀に及ぶ親交のあったわしの確信として、故人はこういうやり方、荘厳なるべきことをざっくばらんに、どうでもいいようなことを勿体ぶってするのが好きでしたな。とりわけ年をとってからは硬直した形式を心から嫌っておられた。故人に冥福あれ。実はわしもそうでして、むしろこういう場所こそかえって神聖な身震いを感じ

「冗談じゃないわ」

若夫人はドレスの腰に両手の拳を当てて身構えた。

「自分の家の一階上にもあがれないような、精神の健全でない娘に一体、遺言を聞く資格があるんですか」

「よく了解しかねますが、霧子さんは体が弱っていて上にあがれないとおっしゃったんで」

一同の視線が自然に霧子に集まったが、少女はそんなやり取りなど全く無関心に、毛布の一部の毛のもつれ絡んだ小さな玉を引っ張っていた。

「もちろんですよ」

「ついこの間、あの娘はわたしに、あなたは誰、と言ったんですよ、母親に向かってですよ」

「わしが誰かちゃんとわかってましたよ。手まで握ってくれた。何しろ小さかったころよくおんぶして庭をまわってあげたんですからな」

たまりかねたように荒尾が、くくっと笑い声をもらした。途端に若夫人の鋒先は荒尾に向かった。

「どうしてあんたが、この席にいるの」

「この方もこれに関係があるんじゃ」

老弁護士は内懐からうやうやしく一通の封筒を取り出した。それを合図のように、小田さんがかねて用意していたらしく、一脚だけまともな椅子（といっても折りたたみの軽便椅子だが）を、若夫人の背後に押し出した。若夫人はハンカチを取り出して椅子の上にひろげ、その上に気取って腰をおろしながら、「じゃさっさと済ませて頂戴。息がつまりそうだわよ、このにおい」と言ったが、これから明らかにされる事柄に一番興味を抱いて神経質になっているのは、明らかに彼女だった。

小田さんはそっと出て行こうとしたが、弁護士に呼び戻されて、一番隅のむしろの束によりかかった。

「じゃ簡単に読む。もともと内容は簡単なんだ。箇条書きのこの手書きの一枚と、それに遺体を運び出したあと抽出しから出てきた追加の一項目だけじゃから。いいな」

老弁護士は肘掛椅子に坐り直すと、老眼鏡をかけた。封筒から書類を取り出す手が震えていたが、緊張のためというより老齢のためだろう。

私自身緊張しないと言うと嘘になるが、窓からの外の陽と、老弁護士の目を考えてつけておいた蛍光灯の人工光線が、ちぐはぐにぶつかり合って、何か非現実的な感じだった。

二度三度と咳払いをしてから、弁護士はこれまでとは別人のような、年齢に似合わぬよくとおる張りのある声で読みあげた。

「ひとつ、わが愛する館を、わがただひとりの血筋、霧子に遺贈する」

「霧子ひとりですか。館とは庭もですか」

「落ち着きなさい。次にあなたのことが書いてある。ひとつ、夫が長年不在にもかかわらず貞淑に、いや、ほぼ貞淑に留守を守ったたか子には」

「ほぼとは何です。失礼な」

「わしは知らんよ。ほぼ、と後で書き加えてある。二字追加と上の方にちゃんと印を押してあるよ、自分で確かめるかね」

若夫人は浮かしかけた腰を戻して、ふてくされたように脚を組んだ。

「いいから先を早く続けてよ」

「たか子には、庭を遺贈する」

「ああ」と悲鳴とも聞こえるような叫びが、若夫人の口から洩れた。荒尾も「おお」とうめいた。一体全部で何千坪になるのか見当もつかない庭を、たか子に贈るとは、私も意外だった。

「霧子は家だけで、わたしに庭を全部、ひとり……」

「ひとりではない。ただし信一郎が生きて戻れば共有とす、と書いてある」

「いまさら戻るもんですか、もうすぐ七年になる。そうすれば失踪宣告、堂々とわたしのものだ、何という、おとうさんは……」

本当に若夫人は泣き出しそうだった。

「何十億だ」

と荒尾も呆然と呟いている。

「相続税が、いや贈与税かしら、一体どのくらい……」

弁護士はゆっくりと老眼鏡をはずして、そんな若夫人を皮肉な表情で眺めてから、しみじみと言った。

「人生は非情でもないが、奇跡もないんだよ。実は庭のほとんどは、とっくに会社のものになっている」

「何ですって」

若夫人の声は本当に悲鳴だった。立ち上がってずかずかと弁護士の面前まで詰め寄った。

「故人が会長を務めていた会社だ。故人が生きている間は伏せておくという条件で、買い取ってあった。そうでなくて、晩年のあの膨大な金がどこから出ていたと思ってたんかね。世界中を歩きまわって、手当り次第に古い物を買い集めた費用が」

「そんな、そんなことが。あの業つく張りのじじいめ、自分のことしか考えないで、地獄に落ちればいい」

「言葉を慎みなさい。全部売ったわけじゃない。家のまわりは残してある。正確にはまだ調べなければならんが、何百坪にはなるはずだ。それだけでも……」

「何億になる」

荒尾が小さな声で言った。

若夫人は「たった何百坪、これだけの屋敷のうちのたった何百坪」と繰り返して呟くと、泣き声のような甲高い声で笑い出した。

「女の盛りの七年間を賭けて、たったの何億。馬鹿みたい。何億ぐらいの金のある男なら、幾らだって結婚できたんだ」

「これからでもどうぞ。まだ十分にお美しい」

弁護士は冷やかに言った。

「霧子は未成年なんだから、家もわたしが後見人よ。その気になれば、そのあと禁治産者にだってできるんだから、わたしのものだ」

悲しげに顔を歪めて俯いている小田さんの顔が見えた。精神病院にも本気で入れかねないと気付いて私も身震いした。遺産のために精神病院に送られるくらいなら、放棄して私と一緒に出てゆけばいいのだ。聞いているのかいないのか、霧子のまわりだけ、鉄棒の影を含んだ陽射しがひっそりと移動していた。

屋敷が崩れるということは、必ずしも煉瓦がゆるみ壁が剝げ落ちることではないのだ、という思いがひしひしと身に迫った。もし霧子がまともに気の強い娘だったら、見ていられない修羅場になっただろう。剝き出しになるのは錆びた鉄筋だけではない。もっと醜いものが露出する。外界への、少なくとも財物への霧子の関心が、一時的にせよ取り除かれていることが、貴重な恩寵のような気さえした。

老弁護士が私の方を見つめていた。

「牧さん、故人はあなたを霧子さんの後見人に指定してます」

「そんなことだったのね。おとなしそうな振りをして、霧子の味方のように見せかけて、あんたが老人に取り入ってきたのは、これがねらいだったわけ。あんたはよく老人の機嫌をとっていたけど、そんなことを約束させてたの。実際見かけによらない悪党よ。この屋敷のみなを誘惑してたぶらかしてまわったんだわ」

若夫人は弁護士の面前に立ったまま、顔だけ私の方を向けて言い続けた。濃く隈取りした両目が吊り上がり、顔は興奮して血の気を失い、唇だけがなまなましく赤い。女と男の間の体の関係とは一体何なのだろう、とそんな疑問が頭の中をかすめてゆく。汗を流して一緒に興奮することが、それ以上の何かを生むのか。ついこの間までの、彼女の肉の深みの感触がひどく遠く、事実の記憶はあっても感覚はごくぼんやりと薄れている。肉の交わりが何かの保証だった時代も終わりかけているのだ、と私はぼんやりと思った。

「さっさと出て行って。色男ぶったそんな顔、見たくもないわ。出て行って、出て行って、出て行ってよお」

その惑乱した悲鳴が天井と壁にわんわんと反響して重なり合う。

「この屋敷から出て行け、と言える権利があるのは、牧さんの方じゃありませんかね」

荒尾がぐっと声を落として言う。私までひやりとするような迫力のある言い方だ。

「何をえらそうな口をきくの。わたしに向かって。そもそもこの女たらしの悪党を、この屋敷に差し向けたのはおまえなんだ。おまえなんか本当ならこんなお屋敷に出入りできる身分じゃないよ。わたしにさんざんおべっか使っておいて、わたしが後見人じゃなくなったとわかったら、この男の機嫌取りかい。男妾《おとこめかけ》」

「心で幾ら思ってもいいが、口に出して言っていいことと悪いことがありますよ」

荒尾はいっそう冷静に、薄笑いを浮かべて言った。

「荒尾さんの前に、小田さんの件が残ってる。わしは発表すべきことを発表するだけだ。けんかはあとで思い切りやってくれ。故人の霊がさぞ喜んでいるだろうよ。世も末だ。わしももう早く死にたいわい。これ以上この世の思い出を悪くしたくないからな。さて、と小田さんには、心からの感謝をこめて、株券一億円を贈る、とある。株券はわしが保管してある。一部上場の堅い資産株ばかりだ」

小田さんは立ったまま泣き出した。きっと贈られた物のためではなく、贈り主のことを改めて思い出して、涙がこみあげてきたのだろう。老弁護士の声も、このくだりで一番晴れやかであった。

「息子の嫁のわたしと家政婦が、同じ桁ですって。あのじじいは気ちがいよ」

弁護士はもう若夫人を見向きもしなかった。

「荒尾さん、故人は偶然死の直前に、あなたについて追加条項を書き残した。ただしこれは法的な意味の遺言を構成しない。霧子さんと牧さんへの要望の形になっていて、将来この屋敷を処分するときは、荒尾氏に仲介してもらうこと、と急いだ字で書いてある。それだけだ。わしはもう帰る。遺産問題はたいていどこだってこんなもので、いやこれくらいならまだいい方かもしれん。わしの面前で摑み合いをやり、刃物を振りまわすやつもいる。こんな商売、長くやり過ぎた。わしの学校時代の友人が死ぬ前にしみじみとこう言いおった。産婦人科の医者でうんともうけた男だったが、若いとき下衆な興味でこんな商売に入ったが、実際見てきたのは、汚れて膿だらけのばかりだったたってな。でもたくさんの新しいいのちも誕生させたんじゃないか、と言ったら、その何倍も殺したよと答えた」

小田さんがあわてて「上でお茶でも出しますから」と言うのを振り切るようにして、老弁護士は地下室を出て行った。肩を落として、力ない足取りだった。

少し間を置いて、若夫人もよろよろと出て行った。思いきり後手にしめた鉄のドアの音が長く室内に反響してこもった。

現実的なことというのは露骨になればなるほど、どうして夢に似てくるのだろう、悪夢というより滑稽な夢に。

窓から流れこむ光線の中を、こまかな埃がくるめきながら昇ったり降りたりしている。若夫人の濃い香水のにおいが、かすかに残り漂っている。彼女が脚を組んで坐っていた折りたたみ椅子の背のアルミパイプが冷たく光っている。さっきまでの騒ぎがうそのように静かだった。だがあられもない夢から醒めたというより、むしろもうひとつ奥の夢に落ちこんだような妙に濃く煮つまった静けさだ。

弁護士に続いて若夫人が出て行ったとき思わず立ち上がったまま、私はいろんな国の色とりどりのホテルのラベルが貼られた古い革トランクの前にぼんやりと立っていた。ちょうど顔の正面やや上が窓である。並んだ鉄格子がざらっぽく赤味を帯びて、窓ガラスには雨垂れがはねた泥のあとが点々と乾いてこびりついている。ガラスに触れるほど近々と芝草が透けて見える。

上から眺め渡すとき芝生は深々とやわらかく群がって見えるが、地面すれすれの窓を通して真横から覗き見る枯れた芝草は、はっとするほどきつい姿だ。針金の芯がとおってでもいるように芝は細く硬く、葉は先端を刃物でそぎ落とされたように尖っている。ひときわ突き出た茎の一本が、鋭く折れ曲がっていた。

それと重なって、遠い林の黒ずんだ枯れ枝の交錯が、解読不能の石碑の文字のように白っぽい空に刻みこまれている。

あの林ももうこの屋敷のものではないのだ、と思う。芝生のひろがりも。すぐ手前の建物の周囲の土地も、若夫人は早々に売りに出すだろう。目の前の世界がみるみる切り離されて宙を流れ去ってゆくようだ。いや漂い始めるのはこの館の方だ。壊れかかった方舟のように。しかも父なるノアはもういない。

そっと肩に手が置かれた。荒尾が傍に来て立っていた。

「おれたちも出よう」と妙にやさしい声で言う。建物の敷地だけにせよ、思いがけなく仲介の権利を保証された荒尾が意外に少しも興奮していない。

「後見人なんて簡単に辞退できるんだよ」

いっそう親身な口調である。

「黙ってな。おまえが何が言いたいかよくわかってる」

この男がまともに口を利くと、いつもかえって薄気味悪い。

「ぼくはあんたが何を考えてるのかわからない」

「それでいいんだ。黙って出て行こう」

窓の外の世界が白っぽくかすれて見えた。蟹の爪のような梢の先端が揺れている。芝草の鋭い葉も震えている。悲鳴のような甲高い風の音が聞こえるような気がした。続いて風に乗って来たように、自動車が走り出したり急停車する音、人たちの無意味な話し声、電話のベル、ジ、ジ、ジ、ジという文字電送ファックスの切れ目ない音などが重なり合って、かすかだがなまなましく聞こえる。

頭が締めつけられるように痛い。目をこらすと窓の外の何も動いてはいないのに、風のひびきと騒音は続いている。その不安な音を押しのけるように、思い浮かんだことを口にする。

「あんたの奥さん、心臓が悪いんじゃないか」

狐に似て尖った口と細い目、油気のない髪をひきつめた陰気な女の顔がはっきりと浮かぶ。

「娘が病院に入れられたって仕方ないことだ」

荒尾の声のようだが、何を言ってるのだろう。

「電灯消してテレビを見ると目に悪いって言うよ。注意した方がいいな」

どうしてあの子供たちは部屋を真暗にしてたのだろう。闇の中で黙って蹲っていたふたつの小さな影法師。

「本当は若夫人と一緒になるべきなんだ。ああいう女がおまえに合っている。おふくろの代りさ」

全然聞いたことのない陰気な声だ。

目まいがして息苦しい。埃が一面にきらめいて渦巻いている。

頑丈な古トランクの上に坐りこんだ。

「その格好、娘とそっくりだよ」

はっきりと荒尾の声とわかった。

「少し前からおかしいぞ、おまえは」

荒尾の声とともに騒音は消えていたが、空気がねっとりと重い。体を動かすのがひどく億劫だ。このままここに坐りこんでいたい。

荒尾は私のすぐ前に、窓を背にして立っていた。いつもの黒い背広を着て逆光になった荒尾の姿はぼんやりと黒い影のようだった。肩幅も首すじも腰つきもがっしりとしているのに、全体に何か忌まわしくあいまいな気配。まるで夢の中の人物のようだ。かなり前からこんなぬめりとした影のような男に、夢で幾度も出会っている。寿司屋の板前だったり、フリーのカメラマンだったり、新聞の勧誘人だったり、芸能プロのマネージャーだったりするが、そういう男と知合いだということに、夢の中でとても安心する。

蔭になって薄暗いが、荒尾は薄笑いを浮かべているようだ。自信あり気な微笑のように見え、何か得体の知れない冷笑のようでもある。本当にこの男は何を考えているのだろう。最初にこの男と並んでこの屋敷を眺めおろしていた秋の日のことを思い出した。透きとおるような光のなかで、まるで別の生きもののような違和感と、自分の影のような身近さとを同時に強く覚えたはずだ。その後、親しくなったつもりだったが、私にはまだこの男——もしかすると私自身の影の部分を、自分のものとしてとりこむだけの深さがない。

「どうしたんだ。妙な目つきでおれの顔を見つめて。気分は癒ったか。おまえは緊張し過ぎてるんだ。人生はもっといい加減なものさ。さあ行こう」

肌をじかに撫でられるような口調だ。

「いや、ぼくは行かない。残る」

身を硬くして私は答える。

「もう外に出られなくなるぞ」

「仕方ないよ」

この男に逆らうことが実はこの男のねらいに沿うことになるのではないか、とぼんやりと思う。この男の手で、いつのまにかこの地下室まで連れてこられた気がする。この男の存在自体に何か底深く暗いものがある。こういう男が、急に空家で首を吊ったり、少女を強姦したりするにちがいない。

XIV

それは急に来たのでもなかったし、前日の荒尾の暗示のせいでもない。実はもう何年も前から漠然とそうだった。それがはっきりと姿を現わしたのだ。

陽ざしがめっきりと明るくなった晴れた朝である。地下鉄の出入口から出て、交叉点をひとつ渡って会社の玄関の幅広い人造石の階段に一歩片足をかけたとき、眼前より背後でそれが起こった。目はゆるい階段の上のガラスの壁——それを壁と呼ぶのが適当かどうか知らないが、通りに面した一階の正面の大部分を外部と仕切っている巨大で部厚いガラスを、眺め上げていただけだが、背中がその名状し難い感覚を痛いほど感じ取った。白々と強烈で、しかも急に自分が透きとおってしまったような冷え冷えと無機質の感覚である。

うしろを振り向くのがこわかった。だが左右を出勤の男女が小走りに駆け上がってゆく。いつまでもそんな石像のような格好をしているわけにゆかない。「どうしたの」と声をかけてゆく顔見知りの女性社員もいた。「忘れものでも気がついたの」

思い切って振り向く。何も起こっているわけではない。朝日に照らされたビルの壁と窓ガラス、歩道を急ぎ足に流れてゆく通勤者たち、車道の車、信号機。だがそれらがばらばらと言うか、それぞれの形に戻ってしまったと言うべきか、ビルは巨大なコンクリートの塊で、人たちは無声映画時代のニュースのように手と足をせかせかと機械的に動かしている自動人形に、車は勝手に動きまわる鉄の部品の集合体に見えた。

それは漢字の字をしばらくじっと眺めていると、次第に偏やつくりや冠に分かれ、さらにそれが直線や斜線や点のごちゃごちゃした群にしか過ぎなくなってしまうあの感覚にそっくりだった。生き生きとした出勤時の朝のビル街という感じが消えてしまっている。車の車体やビルの窓に反射する光が、目に刺さってくるようで、思わず指先で目頭の部分を押さえる。すると今度は瞼の裏に花火のように光の輪がひろがって飛び散る。

車の騒音や人たちの靴音、話し声がいっせいにわーんと高まると思うと、急にぴたりとやんで、白っぽい光がぎらぎら照り返る静寂が張りつめる。光は太陽からではなく、宙に浮かんだ強烈な人工光線灯のようだ。胸が人工モーターでも埋めこまれているように、勝手に唸りをあげていた。

私は東京に生まれ育って、東京が好きだ。高層ビルも車も地下鉄もショーウインドーも、滅多に顔見知りに出会うことのない人群も好きだ。それなのにいまそのすべてが見知らぬ別世界のように白々とよそよそしく、顔面がこわ張ってくる。目に見えない巨大な力で、体全体が締めつけられるように苦痛なのに、同時にとめどなく漂い出してゆきそうに不安だった。

息をつめて階段をあがり、エレベーターの前まで歩いてゆけば、エレベーターはひとりでに開きひとりでに閉まって、私のオフィスまで送り届けてくれる。オフィスの中では機械になったつもりで仕事の流れに体と心の一部を委ねさえすれば、いつもの通りになる。よくわかっているのだが、脚が動き出さない。実際片脚の膝の内側の部分がひきつるように硬直しかけていた。

階段を降りた。片脚をひきずりながら。どこかに坐りこみたいが、腰掛けられるようなものはない。歩道の端まで行って街灯の鉄柱に片手をついて体を支え、もう一方の手で膝をそっと揉んだ。刺すような痛みが後頭部まで走った。肩で呼吸しながら痛みがゆるむのを待った。自分のまわり一メートル四方ほどは実感があるのに、その外はいぜんとしてよそよそしく、車も人の流れも巣をこわされた蟻がうろうろ走りまわっているようだった。

幾らか痛みが癒って、地下鉄の出入口まで歩いた。階段は途中で一度曲がっている。その曲がり角の踊り場まで降りたとき、電車が着いたらしくどっと人波が下から上がってきた。先頭の何人かは顔を真赤にして駆け登ってくる。あわてて壁際に寄ったが、下から階段の幅一杯に登ってきた人波は忽ち狭い踊り場を埋め、思わず巻きこまれそうになる。壁に片手をついてかろうじて身を守った。大手の会社や銀行の多いこのあたりの勤め人たちのひとつひとつの顔は、むしろおとなしそうなのに、次々と体を押しつけこすり過ぎてゆく流れの全体は、無数の顔を持つ一匹の巨大でどす黒い軟体動物のようだ。私だっていつもはその巨大な生命体の一部のように階段を這い登っているはずなのに。

やっと一方の壁際に寄ってさらに下の階段を、ひとりだけ降りてゆく。降りてくる私を認めると、人たちは降り道をつくってくれようとするのだが、天井の低い階段一杯が登ってくる顔で埋めつくされ、そこをひとりだけ逆方向に降りてゆく自分が、まるで自分でないようだ。階段を降りきって通路を少し歩くと、かなり長いエスカレーターになる。登ってくる方は切れ目なく続く人の列なのに、降りる方は私のほかもうひとりしかいない。五、六十センチほど離れただけで、ふたつの別世界がすれちがってゆく。つい先程までの張りつめた気分は急に薄れて、一種物悲しいような情緒が心をみたし始める。自分で乗ったエスカレーターなのに、どうしようもない力が自分を人々と反対の方向に運んでゆく。

「外へ出られなくなるぞ」と言ったときの荒尾の顔が思い浮かぶ。痛切な同情と冷笑的な薄笑いとのまじり合った不思議な表情だった。その表情が多分いま自分の顔だ。街と人々を逃れてきた安堵の思いと、地下に閉じこめられる恐怖。映画でみたローマ時代の地下鉱山の光景を思い出す。荒っぽく組みあげられた枠の木材と木の階段、鉱石を吊り上げてゆく籠、わずかな明りに照らされた坑道の赤黒い土肌、そして膝まで水に浸りながら死ぬまで働き続けねばならない鎖つきの奴隷たち。籠を吊り上げる滑車のぎりぎりという軋みと倒れかかる奴隷たちの肉にくいこむ番人の鞭の陰惨な音。

隣のエスカレーターを昇ってゆく人々の隙間ない列のすべての顔が、ひとりだけ降りてゆく私を見つめてすれちがってゆく。会社の玄関まで行って引き返すみじめさが、全身ににじみ出ているにちがいない。みじめさは緑色だ。植物を押し潰したときににじみ出る、じくじくの青くさい液汁が、首すじから、脇腹から、ふくらはぎから滴り流れている。足首からも、手すりにさり気なく置いた手首からも滴り出る緑色の液が、エスカレーターの踏み台の正確に並んだみぞの間と、ぴかぴかに光るステンレススチール張りの両脇の側面の表を、徐々に埋めてひろがってゆく光景が、目に見えるように浮かぶ。それは金属を腐蝕し、コンクリートを溶かし、人たちの足も浸して、やがてエスカレーターは、底知れぬ地下の沼と地上を昇り降りする二本のパイプ、様々な物の形の記憶を沈めた緑色の血の泡立つ大動脈と大静脈になる……

地下鉄のホームに立って、ホームの端に黒々と並んで口をあけているふたつのトンネルを、私は不思議な生気を覚えながら眺めていた。

「どうしたんですか。顔色が真青ですよ」と驚く小田さんに「ちょっと気分が悪いだけです」と答えただけで、私は地下室へと降りた。

膝の痛みは薄れていたが、立っていられないほど体が疲れていた。いや心が疲れていた。正常な運動の結果、エネルギーを多少消費し過ぎたというのではなかった。多分この何か月かの間に少しずつ薄れてきていた心の皮が、張りつめ切ってひび割れたにちがいない。剝き出しになった心に外界が一挙にじかに触れたような具合だった。街が、騒音が、陽ざしが、他人の眼差が、風の動きが、食卓の角までが、ひりひりと心にしみる。

地下室に入ったとき、太陽の光が床を長く伸びてドアに近い壁に並んだ鍬やシャベルや鎌などの農具類に当っていた。長年使われていない農具のほとんどは錆びていたが、草の束を突き刺す大きなフォークのような道具、その尖った先だけは光っていた。早速むしろを取ってきて、その銀色に光る尖った鉄の棒を覆った。

横になりたかった。だが霧子のベッド以外横になるところはない。ベッドには霧子が横向きになって両手と両脚を縮めて丸くなって眠っていた。顔も苦し気にしかめている。かわいそうに、という思いがこみ上げかけたが、少なくともいまは自分の方がガタガタだ。自分を取り戻す場所が欲しい。安心して横になるか坐りこめるほんの小さなほの暗い空間。

改めて見まわした地下室の中は、若夫人が言った「物置」よりもっとひどい状態だった。廃品捨て場に近い。霧子は感じないのだろうか、この淀んだ埃と黴と石灰と藁のにおい。金属が錆びつき、木質と布地がゆっくりと分解する気配。家紋入りの長持の漆は剝げ落ち、箪笥の表面は木食虫の食い破った穴だらけで、天井の隅からはクモの巣が埃まみれになって垂れ下がっている。ネズミや蛇の見えないのが不思議なくらいだ。

私の背よりも高い振子時計の長針がはずれ落ち、振子の円盤が緑青をふき出している。花や樹や鳥の優雅な模様の入った化粧台の大理石の縁が欠け落ちていた。羽毛がはみ出した刺繍入りのクッションやスプリングのとび出した革張りのソファーが、首の落ちた彩色人形と一緒に積み上げてある。落ち着ける場所はもちろん、崩れ落ちる危険なしにもぐりこめる隙間もなかった。自分で作り出す以外には。

霧子の目を覚ましたくはなかったので、私は霧子の眠っている隅とは反対側の方で、スプリングのとび出たソファーに立てかけてあるトタン板をそっと横にずらそうとした。ところが亜鉛のめっきが剝げて錆び朽ちていたトタン板は、少し力をこめた途端に、床に接していた部分がくたっと折れ曲がって、かろうじて立っていた何枚ものトタン板がいきなり倒れかかってきた。手前の一枚はどうにか支えたが、うしろに重なっていたトタン板が音を立てて床にずれ落ちた。赤錆がぼろぼろと頭から降りかかった。

振り向くとやはり霧子はベッドの上にはね起きて、怯えきった表情でこちらを見つめていた。

私はトタン板をそろえて床に置くと、ソファーを静かに引き出そうとした。だが上に次々と積み上げただけだったらしい木箱が崩れ落ちてきて、床にぶつかるとふたが開き、瀬戸物の小鉢類が前よりいっそうすさまじい音をたてて割れて飛び散った。

同時に霧子の悲鳴が聞こえた。ベッドの上に坐りこんだまま、霧子は両手を前に差し伸ばし、目の前の何かを懸命に押し戻すような格好をしていた。目が一杯に見開かれ、肩が小刻みに震えている。

「要らない皿がこわれただけじゃないか」

大仰な霧子の怯え方に、私は幾らか険しい声で怒鳴った。

「何をそんなにこわがるんだよ」

霧子は両手をいっそう前に突っ張って、ベッドの上を壁際に後ずさりする。その咎めるような目付が、静まりかけていた私の神経をまた苛立たせた。荒々しい気分が嘔気のようにこみ上げてきて、割れ散った瀬戸物の破片の上を踏み歩きながら、積み上げられたがらくたの山を、私は手当り次第に引きずり出し崩し落とし始めた。木箱、花瓶、笠のゆがんだスタンド、骨の突き出たこうもり傘、ガラスの割れた額縁、古新聞の束、航空会社の名前の入ったビニールのバッグ、潜水用の足びれ、椰子の実、拍車のついた片方だけの革長靴、陶器の狸、からっぽの鳥籠、テニスのラケット、蒸籠《せいろう》、凧の糸巻などが、次々と、あるいは幾つもつながって崩れては、床に散った。一番見事だったのは、かつて霧子のものだったと思われるお雛様で、内裏か官女か、箱から転り出ると、首だけが抜け落ちて床をころころと転り、顔をこちらに向けて止まった。

そうしてこれまでは戸棚や壊れたドアや窓枠や丸めた絨毯、机、椅子、トランクなど大型の廃品ばかりが、埃をかぶって静かに放置されていただけの地下室の中が、色とりどりの物体とその破片、半端な日用品と遊び道具で、ほとんど足の踏み場もない状態に変わった。焼け焦げた物はなかったけれど、色が褪せ、錆に覆われ、あるいは中身がはみ出し、覆いが剝がれてちぎれた破片の一面の散乱は、私の記憶の最も底を思いきりかきまぜる。黄色い澱《おり》のようなものがいっせいに舞い上がって、視界をゆっくりと漂い、次第に赤黒く染まる。夕焼けのようだ。一面にざらついている。焼跡らしい。どこかで壊れた水道が滴り続ける音がする……

ベッドは壁にほとんどくっつけて置いてあったので、いまや霧子は背中をぴったりと、しみだらけの壁に押しつけられた格好だった。塩をふいたように白っぽく浮き出したひときわ大きな、いびつな半円形のしみが、頭上から少女を包むようにひろがっていた。肩が波打ち、力なく半開きになった口からは、もはや声にならない悲鳴、ひいひいと喘息の発作のような苦しげな息づかいが洩れている。

私も肩で大きく息をしながら、古い屋敷の内臓をひきずり出したような快感さえあった。霧子が混乱して怯えきっているのも不快ではなかった。この半月ほどひたすら彼女を見守り、機嫌をとり、答えられないのを承知のうえで慰め元気づけ続けてきた鬱屈した気分が一度に爆発したようだった。いつまでもいい気になりやがって、と心の中で言ったとき、ふっと荒尾を自分の中に実感した。

散乱する破片をよけもしないで、私は霧子の前に大股に歩いて行った。近づく私に向かって、彼女は一度おろした両手をまた真直に突き出した。すっかり小さく青白くなったその顔に、目だけが不釣合いに大きい。血の気の薄い唇が震えたかと思うと、細くかすれた声になった。

「これが、これが向こう側よ」

久し振りに聞く霧子の声だった。

「いろんなものが、全部、霧子をにらんでいる。ちがう、馬鹿にして笑ってる。声を出して笑ってる」

「こうもり傘が笑ってるか」

「笑ってる」

「トタン板が笑ってるか」

「薄笑ってるわ」

「…………」

「壁の模様もクモの巣も瀬戸物のかけらもよ。部屋じゅうのものが、みんな皮肉に意地悪く、霧子を憎んでる。この部屋だけじゃない、世界じゅうがぎらぎら光る荒地。誰もいなくなった都。倒れた石の柱だけがごろごろ転ってる。その上で月が笑ってる。冷たく笑ってる」

うわ言のようにそう言いながら、目の色が怯えから恐怖に変わった。

「あなたは誰？　連れに来たのね。とうとう来たのね」

壁にぴったりと背中を押しつけながら、なお後ずさりしようとしている。

「とうとう見つけたのね。物も言わないで身動きもしないで隠れていたのに。裁判のときだって一言もしゃべらなかった。眠らないで見張ってたのに。ちょっと眠ってしまった、その隙に入りこんできたのね。ああ、もう駄目、もう逃げられない。もう逃げるところがない」

本当に私がわからないのか。

「ぼくだよ、牧じゃないか」

上体を屈めてベッドの縁に膝を押しつけながら、私は顔を近づけた。かすかに少女の目の奥にゆらめきのようなものが見えた。

「いつかどこかで会ったことがあるような気がする。とっても昔、遠い遠いところで……」

だが自分に向かって呟くような静かな声は忽ち途切れて、激しく頭を振った。長く美しい髪が汚れた壁の表面をこする。

「行くもんですか。お父さんは行ってしまったけれど、霧子は行かない。お父さんの後姿が見える。だんだん小さくなる。来るなって声がするわ」

これは憎しみなのか恐怖なのか絶望なのだろうか、こんな激しく燃え立つ眸を見たことはない。本当に今にも舌を嚙み切りそうな形相だった。透明に近く青白い顔の頰がこけ、唇がひきつり、目の下に深い隈ができて、十六歳の少女の顔が、老女の、それもこの世のものならぬ老狂女の形相だ。

思わず身を引く。少女はかすれた老女の、ぞっとする声で笑った。

「ここがもう向こう側なんだ。みんな壊れている。みんな内臓《はらわた》がとび出してるじゃないか。鉄の骸骨がひん曲がってる。首が転ってるよ。引き抜かれた首が笑ってるよ。ほら、あんなかわいい顔をして、べったり白粉《おしろい》を塗って、小さな口に口紅までつけて。口紅じゃない。あれは血よ。仔猫を頭から食べちゃったんだ。ちゃんと見てたんだから。あの黒い箱の中では死体が腐りかかってるよ」

この痩せ細った少女のどこからこんな生気が出てくるのか、その力が怖ろしい。永遠に年をとらない、永遠に死なない黒々と不気味な生気が、この世の裂け目から噴き出している。子供の頃から心の奥で私がずっと怯え続けてきたものだ。だがそれがいま、不気味なままに身近だ。怖ろしいが親しい。薄笑いを浮かべかけている自分に気付く。もうほんの少し顔を近づければ、顔の皮膚はカサカサなのに、妙にぬらついて見える小さな唇がある。両手を伸ばせば細い白い頸すじも、誘うように震えている。霧子自身が私の中の黒々としたものを誘っている。何でもすることができる。何も禁じられてはいない……

鉄板のドアを外から叩く音が聞こえた。「どうしたんです」と小田さんの声が鉄板越しに聞こえる。鍵をかけはしないのだが、小田さんは必ずノックして入ってくる。ふっと小田さんに助けてもらおうという気持が兆しかけた。ドアまで歩いた。小田さんのふとった体、重い腰、おだやかな眼差をはっきりと思い浮かべる。

だが、もう逃げるところはないのだ、という霧子の声が、私の心の中からひびき返ってきた。

「変な音がしましたよ」

「何でもありません。ちょっと道具が崩れただけです」

「お嬢さまは」

「心配ありません。いつもの通りです」

「本当ですか、お嬢さんの声が聞こえましたよ」

霧子が小田さんを呼ぶのではないか、と思ったが黙っている。

「何でもないんです」

私は硬い声で言った。小田さんは納得した様子ではなかったが、やがてドアの前を離れた。足音は一度立ち止まったらしいが、それから小走りに遠ざかった。何かがぷつりと音をたてて切れた気がした。

洪水が方舟の中まで入りこんできた、と地下室を見渡しながら思った。膝ががくがくと崩れそうだった。様々な物体が、用途と機能を失った破片が、波打際に打ち寄せられた難破船の残骸と積荷のように散乱していた。見えない濁水の中を漂っていた。私自身も水中を浮いたり沈んだりしている。自分の足で踏ん張るところがない。胸の中を、水が、木片が、虫の死骸が通り抜けてゆく。目だけは見開いているのに、それも閉じてしまいたい。体も心も見えない洪水に委ねてしまいたい。黒い渦に巻きこまれてしまいたい。

あの男も多分こうだったのだろう、と自然に思った。霧子の父のことだ。行方不明になったときの実際の事情についてはほとんど何も知らないが、いきなり私がこの屋敷に現われてから、みなが何となく私を彼と重ねて見ているようなところがあった。老人も、若夫人も、霧子でさえも。その視線の中で、いつのまにか私も無意識のうちに、重ね合わされた未知の人物に似始めていたのかもしれない。初めてそう気付いてはっとしたが、これまで意識してきた以上に親身な思いだった。霧子がいつか言ったように、仕事でも秘密の任務でもなく、彼はテロと陰謀の渦巻く街から、こんなむなしい思いのままに、デルタの大平野の果てへと、白い一本道を歩み消えて行ったにちがいない。ある日、ふっと。

だがその道を、彼はどこかに行きついたのだろうか。強いめまいを覚えた。すでに空っぽのはずの胃からこみ上げてくるものがある。

気がつくと霧子のベッドの端に上体をもたせて床に跪いていた。目を閉じて大きく息をした。

毛布から甘いような、饐《す》えたような、埃っぽいような言い難いにおいがした。

「近寄らないで、向こうに行って。いいえ、助けて、抱いて。こわい、こわいよう」

子供に返ったように霧子は泣き叫んだ。と思うと、年齢不明の暗いかすれた声になって呟く。

「ハゲタカが舞ってる。だんだん低くなる。もう逃げられない。陽が沈む。骨の笛を吹いて追い払って」

そしてまた泣く。

「お腹が空いた。お腹が空きました。神様、食べるものを下さい。いつもひもじいのです。神様の肉を下さい」

私は毛布の端を握りしめて震えている。霧子が拳で壁を叩いている音が、次第に速く激しくなる。

XV

まだ夢が続いているのかと一瞬思った。あたりが青っぽい仄明りで充たされていたからだ。

水の中を漂い続ける夢をみていた。初め水は濁って重くあるいは乱れざわめいて、その間を幾つも影が現われたり動きまわったりしていたが、そのうち穏やかに静まり返って、ひたひたと私を浸していた。

だが青っぽい光は、カーテンのせいだと気付いた。ここが地下室だということも。地面すれすれの唯ひとつの窓に、いつのまにか空色のカーテンが取り付けられていた。部屋の中もすっかり片付けられ、私はまともなベッド、二階の部屋にあったはずの私のベッドに横になっていた。霧子の姿はない。いつそんなことが行なわれたのかわからない。霧子がいついなくなったのかは、もちろんわからなかった。

手足がひどくだるく力がない。頭の中も靄がかかったようにぼんやりしている。静かだったが、遠くで何か重いものが動きまわっている音と地ひびきがする。起き上がって窓の外を見たいが、その元気がない。傍にサイドテーブルも運び下ろされていて、その上に水差しとコップ、それに薬の袋が置いてある。病気だったにちがいない。それもかなりひどく意識がなくなるような。頭の状態は強い鎮静剤を打たれた感じだった。

霧子のベッドの端に縋りつくように坐りこんで、霧子が泣き叫んでいたことは覚えていた。だがそこで記憶が切れていた。確か私はあのとき、神経も体もかなり弱っていた。体は疲れ切って神経だけがたかぶっていた。霧子はどうしたのだろうか。あのまま本当に意識が乱れきってしまったのだろうか。私が何か手荒なことでもしたのだろうか。強いて思い出そうとすると、頭が強く締めつけられるように痛み始める。覚えていないのだ。

覚えているのは夢だけだ。とろりと淀んだようになま温い水に浸りきって、ひどく安らかな気分。この部屋の中ではない。もっと狭くて丸いような場所で、暗いようで明るく、明るいようで薄暗い。その中に私はいるのだが、それを見ているのも私である。

私は裸で頭ばかり大きく髪の毛もない。腹の真中からぬらぬらと燐光を放って光るふとい管のようなものが、ねじれながら水の中を通って、外の闇とつながっている。闇は赤っぽくやわらかく黒くて、豊かに息づいている感じだ。そして私はひとりではなかった。もうひとりの同じような胎児が、一緒に水中に浮かんでいた。二本の臍の緒がふたりの体を巻きつけ、ふたつの胎児は小さな手足で抱き合った格好になっている。一方が私で、もう一方は霧子だとわかっているのに、ふたつがふたつのままでひとりの私だという気もしている。

霧子の方は安心しきって目をつぶって、まだ爪も生えそろっていないちっぽけな手を、私の肩にかけている（手足を曲げて胎児のように丸く縮まって眠っていた霧子を見たが、その顔は苦しげに歪んでいた）。私は手を霧子の胴にまわしながら、片方だけ目をあけて外の闇を見つめている。深い充足感に浸っているのだが、外から見ている私にはその目が不安気に、あるいはひどく考え深そうに見えた。

温い薄明の水は優しく揺れている。だが静かなだけでなく、不安を秘めた強い期待、ある意味深いことが起こりつつある予感、一種神秘な気配がみちていた。ありえないことではないとしても、これまでにない新しい何かが、創られ生まれ出ようとしているようだった。見られている私より見ている私の方が、そのことを強く感じていた。あたりに張りつめる期待感は私自身の期待のようだった。まるで未知の新物質の誕生への期待と不安をこめて、レトルトを見守る錬金術師のようだった。レトルトを温める熱は私の強い思念の集中である。

ひどく苦しい。集中力が弱まると、胎児たちは抱擁をゆるめて沈みこもうとする。息をつめて見守ると、再び水も胎児も臍の緒も不思議な生気を帯びて、薄緑色の光を放ち始めるのだ。

何が出来つつあるのかは知らないのに、それがとても大切なことだとはよくわかっている。ただそのために見ている私、古い私は魂の全エネルギーを注ぎこまねばならない。抱き合った胎児がその抱擁を強めれば強めるほど、私の恐怖もまた強まる。私はしぼりつくされて死なねばならない。イヤだ。それはまだいまではない。もう少し先、もうちょっと先だ——途端に思念が乱れ、不安があらわになって張りつめた神秘の気配は忽ち薄れた。そして胎児たちの肌はみるみる輝きを失って鉛色に変じ、手と脚はだらりと垂れた。安心しきっていた顔に深いしわが刻みこまれてしぼむと、サルそっくりの顔だ。驚いて叫び出しそうになって、そこで夢は途切れる。深い悔恨の念と、ひとつの体のように絡み合った胎児の悩ましい姿態とが、溶け合って長く尾を引く。

目は開けなくても人影が屈みこんでいるのがわかる。息がかすかに顔にかかる。記憶にあるにおいだ。

「気がついて？　もう三日も熱にうなされてたんですものね」

若夫人の浮き浮きと華やいだ声だった。何をいまさらこの女がここに、と口に出すより前に、若夫人は言った。

「いよいよ出て行きますからね。ひとことお別れに」

複雑な気持だった。体の未練はなかったが、この女のあやしい生気にはいまもひかれるものがある。そしてこの女性がいなくなる古い屋敷はいよいよさびしいものになるだろうと思われた。

「お世話になりました」

「あなたもこれから大変でしょうが、面倒ならあの娘、このまま病院に入れとけばいいのよ」

「あなたが入院させたのですか」

「とんでもない。わたしはもう関係ありませんよ。荒尾さんですよ、小田さんが呼んだんでしょう」

「ぼくをここに寝かせてくれたのも」

「だってあの男には、あなたたちはこれから大切なもうけ口ですからね。あんたたち、ちらかし放題のこの床に抱き合って転げまわってたのよ。霧子はわけのわからぬことを泣き叫んで、あんたは熱で意識もうろうとして。ふたりとも埃まみれで見られた格好じゃなかったわよ。でももうわたしにはそんなこと、みんな関係ない。ここで無駄にした女盛りの七年、いや十年を、これから急いで取り返さなくちゃ。じゃ達者でね」

いきなり私の乾いた口に唇を押しつけると、そのまま勢いよく部屋を出て行った。階段を小走りに登ってゆくハイヒールの踵の乾いた音が、いかにもあの女の最後らしかった。

三日私は眠り続けたというが、一か月も病んでいたような疲れ方だ。また目を閉じる。埃まみれになって私たちが抱き合っていたとすれば、あれは夢ではなくてそのときの私の薄れかけた意識の記憶そのままなのかもしれない。いずれにしても、みじめな思いだった。

荒尾に会いたいと思う。「また世話になってしまって」と心の中で荒尾に話しかける。

「おれの怖れた通りだった」

といつものように荒尾は大きな鼻の穴でふんふんと音をさせながら言う。

「ほっといてくれればよかったんだ」

「おれはおれなりにこの屋敷が好きだった。その最後が藁くずだらけ、埃まみれの餓死体ふたつ、というのじゃ気に入らんよ」

「霧子は大丈夫だろうか」

「わからんな。あの娘はこの屋敷の精みたいなものだから、一緒に滅ぶのかもな。ただ本当におまえさんを信じられたら、まともになるかもしれん」

「でもぼくは霧子にまともになってもらいたいんじゃないんだ」

「地下室の隅に蹲って、夜も眠らないで怯えきっているのがいいというのか」

「そうじゃない。そうじゃなくて、まだうまく言えないんだが、あの娘は、前向きにおかしくなっているんだ。元に戻るんじゃなくて、前に抜け出て……」

「おまえはまだそんな夢みたいなことを言ってるのか」

冷やかな笑いを残して荒尾は消える。

だが本当にそうなのだ、他人とうまく談笑できるようになることより、もっと重要なことがあるんだ、と私は霧子に呼びかける。ぼくたちはもう元に戻れない。生まれ変わるしかないんだよ。そのためには、魂の地下の方舟にまだ何年も一緒にこもり続けねばならないのかもしれない……

また重い物音が聞こえてくる。そろそろと体を起こすとベッドを降りて、窓のところまで行った。カーテンを引き開けると、強い光が一杯に射しこんできて、思わず目を細めた。すっかり日ざしが強くなっていた。芝草はまだ枯草の色だが、空は硬さを失い始めて、やわらかな光の波がゆっくりと波紋のように晴れた空一面を、次々とひろがってゆく。

窓枠にそっと掛けた掌に、はっきりと地ひびきが伝わってきた。空の一角で林の樹の梢がひとつ、ぐーと傾いたと思うと、視界から消えた。芝草の彼方に、ブルドーザーかショベルカーの黄色い車体の一部が見えた。運転席の覆いガラスらしいものが、ピカッと光った。庭の整地作業が始まっていたのだ。林は押し倒され、熱帯樹の広い葉はキャタピラーに押し潰されてぐしゃぐしゃになるだろう。木蔭の隠花植物は干上がるだろう。石像は運び去られ、芝生は掘り返される。この建物そのものだって、もう維持できない。

また林の樹のひとつが、傾いてゆくのが見えた。思わず目をつぶる。この館が壊される情景が浮かぶ。崩れ落ちる煉瓦、折れ曲がる鉄骨、舞い上がるセメントの粉と埃、ずたずたに断ち切られた蔦の蔓、散乱する剝製の動物たちの部分、威厳をもってゆっくりと倒れる玄関の大理石の円柱。

輪切りにされたような白い円柱の部分がごろごろと転ったその残骸の上を、軽やかに歩きまわる少女の姿が見えた。透きとおる長い白衣の裾をひるがえしながら、少女は白い頸を起こし、しなやかに手脚を動かして、宙を歩くように動いている。長い髪が肩で踊る。引きしまったふくらはぎ、波を打つようにしなう指。本当にいまにも軽々と空に舞い上がるようじゃないか。方舟が新しい約束の岸に着いたのだ。廃墟は舟の残骸だ。怯えと物質の暗い重力の殻を破って、いま蛹が変身する。開かれた気分が晴れやかに、あたりにみちている。

幾度も幾度も生まれ変わりながら、私たちはこの時を夢み続けてきたのだ。こみあげるようにそう思った。涙が出そうだった。

またひと波、窓枠をゆするブルドーザーの震動を掌に感じながら、明日にも病院へ霧子を連れ戻しに行こうと思う。

P+D BOOKS ラインアップ

三匹の蟹	大庭みな子	●愛の倦怠と壊れた〝生〟を描いた衝撃作
冥府山水図・箱庭	三浦朱門	●〝第三の新人〟三浦朱門の代表的2篇を収録
虚構の家	曽野綾子	●〝家族の断絶〟を鮮やかに描いた筆者の問題作
地を潤すもの	曽野綾子	●刑死した弟の足跡に生と死の意味を問う一作
プレオー8の夜明け	古山高麗雄	●名もなき兵士たちの営みを描いた傑作短篇集
白球残映	赤瀬川 隼	●野球ファン必読！胸に染みる傑作短篇集

P+D BOOKS ラインアップ

黄金の樹	黒井千次	●揺れ動く青春群像。「春の道標」の後日譚
女優万里子	佐藤愛子	●母の波乱に富んだ人生を鮮やかに描く一作
黄昏の橋	高橋和巳	●全共闘世代を牽引した作家〝最期〟の作品
堕落	高橋和巳	●突然の凶行に走った男の〝心の曠野〟とは
生々流転	岡本かの子	●波乱万丈な女性の生涯を描く耽美妖艶な長篇
長い道・同級会	柏原兵三	●映画「少年時代」の原作〝疎開文学〟の傑作

（お断り）

本書は1987年に集英社より発刊された文庫を底本としております。
あきらかに間違いと思われるものについては訂正いたしましたが、
基本的には底本にしたがっております。
また、底本にある人種・身分・職業・身体等に関する表現で、現在からみれば、
不当、不適切と思われる箇所がありますが、著者に差別的意図のないこと、
時代背景と作品価値とを鑑み、著者が故人でもあるため、原文のままにしております。

日野啓三（ひの けいぞう）
1929年（昭和4年）6月14日―2002年（平成14年）10月14日、享年73。東京都出身。1974年『あの夕陽』で第72回芥川賞を受賞。代表作に『砂丘が動くように』『台風の眼』など。

P+D BOOKS

ピー プラス ディー ブックス

P+Dとはペーパーバックとデジタルの略称です。
後世に受け継がれるべき名作でありながら、現在入手困難となっている作品を、
B6判ペーパーバック書籍と電子書籍で、同時かつ同価格にて発売・配信する、
小学館のまったく新しいスタイルのブックレーベルです。

抱擁

2018年9月18日　初版第1刷発行

著者　日野啓三
発行人　岡　靖司
発行所　株式会社　小学館
〒101-8001
東京都千代田区一ツ橋2-3-1
電話　編集　03-3230-9355
販売　03-5281-3555
印刷所　昭和図書株式会社
製本所　昭和図書株式会社
装丁　おおうちおさむ（ナノナノグラフィックス）

ISBN978-4-09-352346-2

P+D BOOKS